Dieses Buch widmet sich Corona-Zeiten des Jahres 2020. Unglaublich, aber war: es gab auch ein Leben vor der Corona-Zeit, dieses darf nicht vergessen werden.
Der Autor dieser Zeilen erinnert an das normale Leben vor Corona und beschreibt die Zeit des Kindseins, des Jugendseins, des Vaterwerdens und nicht zuletzt des Krankenpflegerwerdens.
Er befand sich mittendrin unter Millionen, aber Millionen Corona-Viren, deren erbarmungslose, unerbittliche, unmenschliche, vernichtende und tödliche Feindschaft ihm nichts anhaben konnte.
Es ist eine Erzählung, die auch als Gutenachtlektüre geeignet ist, mit der Leichtigkeit und der Lebensfreunde geschrieben.
Eine Erzählung, die die Angst von der tödlichen Bedrohung relativiert und über Vergebung oder Versöhnung berichtet.
Vergebung und Versöhnung als heimliche, tief in der Seele verankerte Grundbedürfnisse des Menschseins, als Lebenserfahrung der Glücksseeligen und der Mutigen.

1974 (noch 46 Jahre bis Corona)

Ich wurde, so hoffe ich, in Liebe gezeugt und am 09.
Dezember im Jahre 1974, es war ein Montag in Wien
Hietzing in eine einfache bürgerliche Familie hineingeboren.
Vater war gelernter Tischler und Mutter einfache Verkäuferin.
Es fehlte mir an nichts, lediglich Liebe gab es sehr wenig.
Laut meiner Mutter war ich ein sehr bezauberndes Baby mit
wunderschönen Gesichtszügen und Körperformen, blauen
Augen, und alle Menschen die auserwählt waren und einen
Blick in meinen Kinderwagen werfen durften, waren
angeblich begeistert und angetan von meinem Anblick.
Sätze wie, „oh, so ein schönes Baby" oder „Der Kerl ist ja
wunderschön", „so Süß" und diese wundervollen blauen
Augen sollen gefallen sein.
Na super, was für eine Sensation, ein noch nie dagewesenes
wunderschönes Baby wurde geboren, kann mich vor lauter
Begeisterung über mein damaliges Erscheinungsbild kaum
mehr halten.
Jetzt mal Hand aufs Herz!
Wer, der jemals in einen Kinderwagen hineingesehen hat und
was auch immer erblicken durfte, sagte jemals zum stolzen
Kinderwagenschieber …. „Meine Güte ist der Fratz hässlich",
„pfui ist der Schiach", oder „ui das war voll nichts" oder
zeigte sich gar erschreckt?
Genau niemand, daher ist davon auszugehen, dass ich ein
ganz normales „na sagen wir mal" süßes Baby gewesen bin,
dessen Mutter die legitime Meinung vertrat, das schönste
Baby der Welt zu haben.

Und ratet mal was weiter passiert.
Unglaublich aber wahr, ich wurde größer und größer…
Ich bin zwar ein recht helles Köpfchen, kann mich aber nicht
daran erinnern, „vermutlich so wie wir alle", wie es war, als
ich ganz klein gewesen bin.

Anfangs, habe ich oft geweint aus eigenartigen und für meine Eltern nicht immer klar ersichtlichen Gründen.
Es waren Gründe, die mich im meinem späteren Berufsleben auch sehr beschäftigen werden, Hunger, Durst, Stuhlgang, Blähungen.

1975 mit meinem Großvater

1977

Im Mai 1977 stand ein vermutlich freudiges Ereignis bevor,
wo es dann eng für mich wurde.
Die kaum erhaltene Liebe und dringend benötigte Zuwendung
wurde ab diesen Zeitpunkt um 50% minimiert.

Die Geburt meines Bruders dürfte nochmals schlagartig alles
verändert haben.
Auch bei ihm bin ich mir nicht so ganz sicher, aus welchen
Beweggründen er eigentlich gezeugt wurde.
So, hoffe ich auch hier, dass es Liebe gewesen ist.

Von diesem Zeitpunkt an, war an vergangene Einsamkeit
kaum mehr zu denken.
Es war jemand da, der mich aufweckte, wenn ich schlief, der
schrie, wenn ich ruhe brauchte.
Ja, auch er hatte die gleichen Bedürfnisse, wie ich.
Hunger, Durst, Stuhlgang, Blähungen, eigentlich unglaublich,
dass da jemand ist, der nicht ich ist, aber dennoch ist, wie ich.

Jedoch, war er nicht so ein süßer Fratz, wie ich und aus
Erzählungen im Bekannten- und Freundeskreis wurde keine
Begeisterung laut beim Hineingucken in den Kinderwagen.
Ob es hier zu Schreckensszenarien kam, wurde mir nicht
überliefert.

Sätze, wie „oh, so ein schönes Baby" oder „Der Kerl ist ja
wunderschön", „so Süß" wurde ja bereits von mir in
Anspruch genommen und konnte aus welchen Gründen auch
immer bei ihm keine Verwendung finden.

1978

1981

Nach vielen Jahren der Zweisamkeit, ich betone die
Zweisamkeit absichtlich, da ich über keine traute Viersamkeit
berichten kann, kam die Schulpflicht und auch ich musste
eine Schule besuchen.

Es war ein wundervoller Tag, an den ich mit Freude
zurückdenke, da ich mich noch sehr, sehr gut an meine erste
Schultüte erinnern kann.
Auch hatte ich das Glück, auf bereits bekannte Gesichter aus
meiner Kindergartenzeit zu treffen, was mir somit den
Einstieg deutlich erleichtert hat.
Ich war ein sehr guter Schüler mit lauter Einsen.

Doch irgendwann kam auch hier die große Enttäuschung.
Der Schulwechsel.

Ab der zweiten Klasse musste wegen Umzugs meiner Eltern
die Schule wechseln und besuchte eine weitere Schule im
schönen Wien Meidling.
Die Schule hatte alles, was man sich als Kind vorstellen
konnte.
Einen riesigen Fußballplatz, Basketball, Tennisplatz,
Laufbahn, einfach alles.
Aber eines hatte die Schule nicht, mir bekannte Gesichter
fehlten.
So kam es, dass meine schulischen Leistungen plötzlich nicht
mehr die Besten waren und aus dem Musterschüler wurde ein
4-er Schüler.

Dass ich mich daraufhin sehr verändert hatte „gesteigerte
Aggressionen", „mehr Raufereien" und immer mehr
Sitzungen in der Direktion, dürfte meine Eltern nicht
sonderlich gestört haben, oder doch?

Mein Vater ging recht einfach damit um: „Er schlug mich"
und das nicht zu wenig, anfangs mit der Hand, später mit der
Faust, so lange, bis ich Angst vor Ihm hatte.
Jedoch ging dies nach hinten los, die erfahrenen Schmerzen
gab ich unweigerlich an meine Mitschüler weiter.
Was der Vater macht, kann ja nicht falsch sein und muss somit
richtig sein, dachte ich mir, man spricht hier vom sogenannten
Modelllernen…

Meine Mutter hingegen hat mich nie geschlagen, war aber mit
der Situation massiv überfordert und konnte mir keinen Halt
geben, wo ich ihn am meisten brauchte.
„Vielleicht hätte ein wenig in Liebe und in die Arme nehmen
geholfen"

Machte Sie aber nicht.

1981 Erster Schultag

So kam das, was kommen musste…

Meine Eltern gingen getrennte Wege und es passierte etwas
für die damalige und mitunter auch heutige Zeit ganz
Untypisches.

Mein Vater, wie auch immer er das gemacht hat, bekam das
Sorgerecht für meinen Bruder und mich.
Ob er bei Gericht angegeben hat, dass er gerne hinschlägt statt
Reden, wage ich zu bezweifeln. Vielmehr hat uns unsere
Mutter aufgegeben um ihren eigenen Weg gehen zu können.
Finanziell versuchte sie uns zu unterstützen, da sonst
irgendwie eine Art der Verwahrlosung eingetreten wäre, da
mein Vater gerne den lieben ganzen Tag im Gasthaus gesessen
ist.
Hier möchte ich anmerken, kein Alkohol, keine Zigaretten,
einfach nur den ganzen Tag Kaffee trinken und quatschen und
jeden Kaffee extra zu bezahlen und mit viel Trinkgeld zu
versehen... Ironie dahinter, es war ja genug Geld da.

Meine Großmutter mütterlicherseits hat mich, „uns" immer
unterstützt.
Sie vermachte mir eine Eigentumswohnung in Wien Meidling
und belegte diese gut durchdacht mit ein Belastungs- und
Veräußerungsverbot.

Meine Großmutter unterstützte mich in vielen Belangen und
versuchte mich auf einen anderen Pfad zu bringen in dem sie
mich förderte.
Sie bezahlte für mich Musikunterricht und Gitarre,
Englischkurse, Kochkurse, Tennisunterricht und noch vieles
mehr.

Hier gibt es auch mal freudiges zu berichten.
Im Spielen mit der Gitarre wurde ich immer besser und mit
der Zeit konnte man über die Saiten Musik erkennen.

An der TSA wurde ich ein guter Spieler und nahm an
Turnieren Teil, leider gab es da zu meinem Bedauern, immer
einen der besser war als ich, und ich wurde daher ewiger
Zweiter, was mich aber nicht wirklich störte, da mich auch die
Urkunde mit zweiten Platz mit Stolz erfüllte.
Mein Englisch wurde klarer Weise besser und auch das
Kochen fing mir an zu gefallen.

Hier an dieser Stelle möchte ich meiner Großmutter mal ein
großes Dankeschön hinterlassen.

**Leider kam alles anders und ich musste selbst meinen
Pfad wiederfinden...**

Mein Vater erzählte mir immer, wie schlecht meine
Großmutter und meine Mutter seien.
Mit der Zeit fing ich an dies zu glauben und beendete alles,
was meine Großmutter mit Liebe und Zuwendung aufgebaut
hat.
Ich wurde immer mehr manipuliert und bemerkte dies
natürlich nicht bzw. war meine kleine Kinderseele damit
überfordert.
Erholung und Schock zugleich bekam meine Kinderseele
immer in einen kleinen Ferienlager in Niederösterreich,
wohin mein Bruder und ich jeden Sommer für 3 Wochen
abgeschoben wurden.
Mein massiv überforderter Vater brauchte Ruhe fürs
Kaffeehaus und Erholung von seiner Arbeitslosigkeit.
Wir wollten dort nie hin, da wir uns dort an Regeln halten
mussten, die es zu Hause so nicht gegeben hat.
Zu Hause durften wir bis Abend in den Park und konnten des
Nächstens noch auf unseren Hightech Schwarz/Weiß
Fernseher fernsehen in unserem Kinderzimmer.

Jedoch, bemerkte ich nach einer gewissen Zeit, dass es mir doch guttut, wenn ich mit Regeln konfrontiert bin und begann das Gute darin zu Erkennen.

So, wurde ich fröhlicher und begann mich zu öffnen und fing an zu pfeifen und singen und das offenbar so gut, dass ich mit Vorbereitung einen Großauftritt vor 400 Eltern hinlegen durfte.

Das englische Lied „hang down your head tom dooley" zu erlernen und zu singen war Dank meiner Großmutter und deren Förderung kein Problem für mich und ich konnte die Massen, sowie auch meine Eltern zu meinen Erstaunen begeistern.

Leider, gibt es keine Bilder und somit kaum Zeitzeugen aus der Zeit meines kurzen Superstar Daseins.

Der Kontakt zu meiner Mutter

Dieser gestaltete sich recht schwierig, da meine Mutter einen
regen Männerwandel hatte.
Man könnte auch sagen, sie hatte mehr Männer, als ich
Unterwäsche in meinen Kinderkleiderschrank.

Dennoch, traf ich mich gerne mit meiner Mutter. Sie ging mit
meinem Bruder und mir in den Wiener Prater, drückte uns
jeden 100.- Schilling in die Hand und wir liefen von einer
Attraktion zur anderen, während sie sich in einer der vielen
Gaststätten erholte.
Ging das Geld aus, war dies auch kein Problem, einfach
zurück zur geliebten Mutter um erneut 100.- Schilling
einzuheimsen.
Das ging oft drei, viermal so.

Was wir mit diesem Geld gemacht haben, dürfte ihr ziemlich
egal gewesen sein, da sie nicht einmal nach uns Ausschau
gehalten, geschweige, den eine Attraktion mit uns gemeinsam
die Freude geteilt hat.

Ach, war das ein herrliches und herzzerreißendes Mutter
Kindertreffen.
Mir wird noch ganz warm ums Herz, wenn ich an diese
liebevolle Zeit zurückdenke.

Und da waren auch noch ihre Männer, ein Traum, kann ich
nur sagen.
Sie kämpften um unsere Gunst und kauften alles, was wir
wollten, um na sagen wir mal es mit uns gut zu stehen oder
deren Partnerin glücklich zu machen…

Ich erinnere mich an einen ganz besonders, kleiner Mann mit
Vollbart, der ein Geschäft auf der Meidlinger Hauptstraße
hatte oder vielleicht sogar noch hat, der war echt super.

Er lebte mit meiner Mutter in einer sehr luxuriösen und
riesigen Wohnung und dürfte dem Anschein nach sehr viel
Geld mit seinem Geschäft verdient haben.
Diesen Luxus kannte ich von zu Hause nicht.

Ich sagte ihm „du, ich hätte gerne die neue Masters of the
Universe Figur" und er kaufte mir gleich 5, ‚Wou, war das
leiwaund'…

Er hatte auch ein Boot.
Und dieses Boot hatte zerstörerische Fähigkeiten, die massive
Auswirkungen auf das weitere zusammenleben meiner Mutter
und mir hatte.

.

Ja und so war die Freude meine Mutter und dessen Freund
bzw. Lebensgefährten zu treffen immer ein ganz besonderer
Moment für mich und meine Figurensammlung.

Das Boot, das alles, aber auch wirklich alles zerstörte.

War es tatsächlich das Boot, das alles zerstörte oder steckt
doch was anderes dahinter?
Na mal sehen, was da jetzt kommt.

An einem schönen Sommertag „Jahreszahl ist mir entfallen,
vermutlich Schutzfunktion meines Gehirnes", fuhr ich mit
besagten Geschäftsmann und meiner Mutter zu einen ihrer
Ansicht nach tollen Ausflug an den Neusiedlersee.

Anfangs war noch alles super, Autofahrt, Game&Watch
Tricotronic in der Hand und gute Musik im Auto.
Es sah Anfangs nach einem wirklich gut gelungen Ausflug
aus, bis die Batterien meines Tricotronics leer wurden.
Von da an kam es in 3 Minuten Takt zu folgenden immer
wiederkehrenden Frage und vermutlich jedem bekannt „Wann
sind wir da".
Nach geschätzten 15x Fragen und bereits genervter Mutter
sind wir endlich am Neusiedlersee angekommen und haben
mal ein beruhigendes leckeres Eis gegessen.

Dann die Überraschung, er hatte ein Boot, na super dachte
ich, ich eine Riesenangst vor Wasser, Nichtschwimmer und er
hat ein Boot, wie genial ist das denn.
Meine Mutter wusste, dass ich Todesangst vor Wasser habe in
den ich nicht stehen kann bzw. wusste, dass es tief ist.
Ich wollte nur eines, ab nach Hause, zu meinem Vater.
Da sagte ich meiner Mutter, ich würde gerne nach Hause, da
ich Angst habe, welches sie mit versprochen wir fahren
zurück quittierte.

Es kam, wie es kommen musste, natürlich akzeptierte sie
meinen Wunsch nicht und wir fuhren raus mit dem wirklich
schönen und luxuriösen Boot und das für mich unendlich tief
scheinende Wasser.

Allerdings merkte ich recht schnell, dass mir das nicht gefiel,
und nach, ich sage mal 15 Minuten sagte ich meiner Mutter
wieder, dass ich gerne nach Hause möchte, da ich Angst habe.
Ein für mich wenig beruhigendes „versprochen wir fahren
zurück" kam in meine Richtung.
Zu meinem Entsetzen merkte ich, dass wir nicht
zurückfuhren, sondern weiter rein und es zog auch noch
Schlechtwetter auf, welches mir denken vor lauter Angst nicht
mehr möglich machte.
Die Wellen wurden höher, das Boot schaukelte mehr und
mehr „es kam mir, wie die gefühlte Ewigkeit vor", bis wir
endlich an Land gekommen sind.

Dieser Moment zerstörte alles, das gering aufgebaute
Vertrauen wurde mit einem Schlag zerstört und führte zu
einen Vertrauensbruch, der bis heute besteht und vermutlich
auch nie wieder behoben werden kann.
Der sogenannte rote Faden, der sich durch mein Leben zieht.

**Somit waren alle weiteren Kontakte zum Scheitern
verurteilt!**

Der Versuch, weiter Kontakt aufzubauen verlief mit 2x
jährlich wiederkehrenden Shoppingeinkäufen in der SCS
quasi immer im Sand.
Sie kaufte mir alles, was ich wollte, teure Levi`s Jeans und
Converse Schuhe, die ich nie von meinem Vater bekommen
hätte usw.
Ich suchte bei Ihren Partnern immer einen Vorteil für mich
herauszuholen und begann eine materialistische Ader zu
entwickeln.
Somit war mir jeder Partner Recht, der mir das kaufte was ich
wollte, egal welche positive Eigenschaften er sonst noch
hatte.
Sie waren alle bemüht und einen von Ihnen konnte ich sogar
mit der Zeit Recht gut leiden.

Dieser war deutlich jünger, als meine Mutter und teilte eine
Leidenschaft mit mir.
Er war ein hervorragender Tormann im Fußball und zeigte
mir sehr viele Sprung und Fangtechniken.
Bei ihm hatte ich den Eindruck, dass er mir zuhört und ihm
auch interessiert, was ich denke.
Auch hatte er einen geilen Sportwagen mit abnehmbaren
Dach, Datsun 280zx Turbo.
Wow, war ich stolz, wenn ich von der Schule mit diesem Auto
abgeholt wurde.
Das Vertrauen war so stark, dass ich sogar zu ihm und meiner
Mutter ins Haus kam um dort für mehrere Tage zu
übernachten und beim Hausbau mitzuhelfen.
Es war eine echt schöne Zeit dort.
Abends spielte ich mit meiner Mutter sogar gemeinsam am
Atari 2600 die Schlümpfe.
Diese schöne Zeit wahrte aber nur kurz.
Da, meine Mutter eines Tages mit ihm in der Früh zur Arbeit
fuhr, von der sie nicht mehr zurückgekommen sind.
Was war passiert?
Er ist am Steuer mit 230 Km/h eingeschlafen und hatte einen
schweren Verkehrsunfall, wo er auf einen Lastwagen auffuhr.
Meine Mutter ist liegend schlafend unter den Gurt
durchgerutscht und hatte sehr schwere Verletzungen und ein
entstelltes Gesicht.
Er hatte lediglich Prellungen an beiden Unterarmen und sein
Mund machte Bekanntschaft mit dem Lenkrad.
Dieser schwere Unfall war sogar in den Tageszeitungen zu
lesen.
Hier war die Chance durch ihm wieder Vertrauen zu meiner
Mutter aufzubauen, durch sagen wir mal Schicksal verwehrt
geblieben
Respekt an die Chirurgen der damaligen Zeit, meine Mutter
sah danach besser aus als vorher.

Nebenbei in der Hauptschule

In der Hauptschule hatte ich viele Freunde und so meine
ersten Liebeleien.
Ich war eher ein fauler Schüler, der lieber am Commodore
C64 oder Schneider CPC 464 spielte und programmierte, als
für die Schule ausreichend zu lernen.

Meinen Vater erzählte ich immer, ich bin schon fertig mit den
Hausübungen, obwohl ich diese teilweise nicht gemacht hatte
um schneller wieder meine Zeit am Computer verbringen zu
können.
Diese Leidenschaft mit Programmierung und
Computerspielen hat sich bis heute bei mir gehalten.

Allerdings, hatte diese Leidenschaft natürlich negative
Auswirkung auf meine Noten und es wurde für mich immer
schwerer mit dem Unterrichtsstoff mitzukommen.
Ich bekam auch hin und wieder die Note 5, die natürlich von
meinem Vater unterschrieben werden musste.
Von Angst gesteuert ließ ich mir bis zum letzten Tag Zeit, um
die Arbeit meinem Vater vorzulegen.
Und dann passierte was ganz Eigenartiges, er unterschrieb mit
einem kurzen Kommentar „mach es nächstes Mal besser“,
ohne mich zu Schlagen.
Was zur Hölle war denn das? Ich bekomme Schläge wegen
jeden Pfurz den ich lasse, aber nicht wegen einer 5 in der
Schularbeit.

Ich war aus heutiger Sicht komplett mit der Situation
überfordert und kann es mir bis heute nicht genau erklären.
War ich ihm schon scheissegal? Hat er mich aufgegeben?
Resignation?
Ich verstehe es nicht.

Von da an entwickelte ich den Plan so zu lernen, dass ich wenigstens durchkomme und nie ab der fünften Schulstufe sitzen bleiben, um meine Freunde aus der Schule nicht zu verlieren (oder war es das nicht verstehen der nicht bekommen Schläge?).
Es kamen von diesem Zeitpunkt an keine „nicht-bestanden Noten mehr"…

Es gab auch eine Betragensnote, die am Anfang mit „wenig Zufriedenstellend" wahrlich wenig Zufriedenstellend war, aber von mir auf „Zufriedenstellend" ausgebessert wurde.

Ich habe gemerkt es liegt an mir es zu ändern und ich entwickelte langsam aber doch ein Kohärenzgefühl.

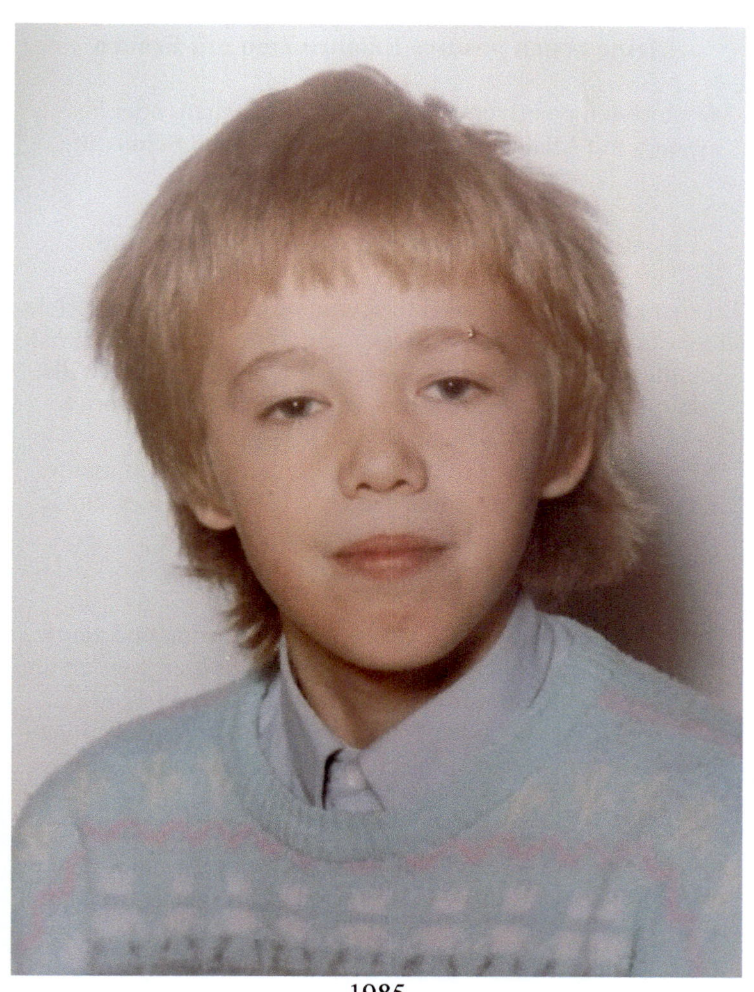

1985

Meine ersten positive Erfahrungen mit Frauen

Meine ersten positiven Erfahrungen mit Frauen, oder besser
gesagt mit Mädchen, habe ich in der siebten Schulstufe
bewusst erlebt.

Eigentlich war ich in das hübscheste und angesagteste
Mädchen der Klasse verliebt.
Da sich aber aus dem „wunderschönen Baby" mit Aha-Effekt
leider ein Kochlöffeltyp entwickelt hat (Breiter Kopf, schmale
Schultern) wurde mein Liebesbrief mit den Worten, „Willst
du mit mir gehen „ klar mit einem" Nein" beantwortet.
Eine Welt brach für mich zusammen.
Doch während dieser schweren Krise und in Mitten meines
Zusammenbruchs erkannte ein anderes Mädchen offenbar
meine inneren Werte.
Hoffentlich war es nicht Mitleid.

Das Mädchen hatte den schönen Namen Marina und zeigte
Interesse von mir zu Hause jeden Tag abgeholt zu werden um
gemeinsam in die Schule zu gehen.
So kam es, dass wir jeden Tag gemeinsam zur Schule gingen
und sogar gemeinsam am letzten Tisch zusammengesessen
sind.

Sie war eine Vorzeigeschülerin mit lauter Einser und ich der
Kochlöffeltyp mit lauter Dreier und sogar den einen oder
anderen Vierer.
Ausgenommen Physik, Chemie, Turnen und
selbstverständlich Musik, man erinnere sich auf meinen
Auftritt im Ferienlager, hatte ich Einser…

Dies musste ich natürlich ändern und lernte immer mehr und
verbrachte weniger Zeit auf meinen Computer.
Der Notendurchschnitt verbesserte sich deutlich, was auch
meinem Vater nicht entging.

Da kam dann eines Tages ein sehr interessanter Satz von
meinem Vater.
Sohn, merke dir eines, „behandle deine Frauen immer gut und
schlage sie nicht"

Mein Vater, der immer mit seinen Frauen gestritten, geschrien
und ja, sie auch teilweise geschlagen hat, gab mir diesen
Ratschlag fürs Leben.
Egal, ich habe von diesem Zeitpunkt an gemerkt, dass eine
Partnerin positive Auswirkungen auf mich hat und ich sie nie
schlagen werde, egal was mir vorgelebt wurde.

Somit war Marina die erste positive Frau in meinem Leben.

1988 (noch 32 Jahre bis Corona)
Die Hauptschule neigt sich dem Ende zu

Die Hauptschule neigt sich dem Ende zu und meine Liebelei mit Marina war nach einem Jahr leider auch vorbei.

14 Jahre was nun, was mach ich nach der Schule? Arbeiten? Weiter zur Schule gehen?

Ich war mir bei einer Sache sehr sicher, nicht mehr weiter in die Schule und so fing ich noch während meiner Schulzeit an Samstagen in einer Trafik in Wien Meidling auszuhelfen. Anfangs packte ich die Zeitungen aus und schlichtete sie ein, half beim Mist Raus- bringen und sorgte für Sauberkeit für ein paar Schilling.
Mit der Zeit durfte ich Franz, so war der Name des Trafikanten sogar beim Verkaufen helfen und stellte mich dabei recht geschickt an.
Franz war leider etwas dem Alkohol verfallen und ging immer öfters zum Wirten um die Ecke und ließ mich alleine im Geschäft zurück.
Darauf angesprochen einigten wir uns auf einen Lohn von 200.- Schilling und ich bleibe an Samstagen, während er beim Wirten ist, gerne im Geschäft und verkaufe für ihn.
Die Arbeit wurde immer mehr und ich musste dann auch Rücksendungen bearbeiten und monatliche Bilanzen führen, sprich Buchhaltung.
Anfangs klappte das Recht gut mit der Bezahlung, so, dass ich der Erste war, der in meiner Klasse über ordentlich Geld verfügte.
Mein damaliger Freundeskreis wurde dadurch „erstaunlicherweise" deutlich größer.

Leider, ging ich dann mit meinen Freunden, wie mir von meinem Vater jahrelang vorgelebt auch gerne ins Wirtshaus,

die sogenannte Mühle und fing an Freude am Alkohol und
Darts Spielen zu entwickeln.
Diese damalige Freude war mit dem Lohn aus der Trafik auch
leicht finanzierbar.
Auch der Zugang zu Tabak zum Einkaufspreis lud zum
Zigarettenrauch ein.

Leider wurde Franz mit vermehrten Alkoholkonsum
vergesslich und verabsäumte es immer öfter mich zu
bezahlen, was meiner neu gewonnenen Freunde, wahrlich
keine Freude bereitete.
So kam, was kommen musste, ich nahm mir das Geld, das mir
vereinbart zustand einfach aus der Kassa und somit stimmte
logischerweise die Bilanz nicht mehr.
480.- Schilling minus (400.- wären genau zwei nicht bezahlte
Monate)
Ich wurde von Franz des Diebstahls bezichtigt und hatte eine
üble Nachrede.
Gott sei Dank kam die Sache nie vor Gericht.
Später stellte sich heraus, dass Franz 80.- Schilling in der
Pause selbst im Rausch aus der Kasse genommen hat, um
beim Wirten ums Eck bezahlen zu können

Von da an war Arbeit auch keine wirkliche Option für mich!

Jetzt wird's eng mit 14+

Die Schule war zu Ende und meine Großmutter
„mütterlicherseits", ihr kennt sie ja bereits, war damals mit
einem Botschafter aus Indien liiert, wollte mich nach Amerika
studieren schicken und hätte soweit ich mich erinnern kann
sogar ein Stipendium über Ihren damaligen Lebenspartner
besorgt.
Aus heutiger Sicht, kann ich nur sagen Wow…

Natürlich habe ich dieses Angebot abgelehnt, da ich, erstens
meine Freunde nicht verlieren wollte und mein Leben in
Österreich doch schön und akzeptabel war.
Mit anderen Worten ich wählte den leichteren Weg.

So blieb mir nichts anderes übrig als eine Lehre zu beginnen,
leichter gesagt als getan mit meinem eher schlechten Zeugnis.

Aber, auch hier, spielte meine Großmutter wieder eine große
Rolle und organisierte mir bei einer der größten namhaften
Autowerkstätten in Wien einen Termin zum
Auswahlverfahren.
Beim Auswahlverfahren, wurde Mathematik, Geschick
getestet und ein Text musste geschrieben werden: ca. eine A4
Seite in Latein und Blockschrift.
Leider, auch das Zeugnis musste man mitnehmen, würg
dachte ich mir, das wird nichts…
Es waren dort Teilnehmer mit 1A Zeugnis.
Jedoch, bekam ich nach gut einer Woche ein Schreiben, dass
ich aus allen Teilnehmern gewählt wurde.
Bitte wie, bitte was, wie kann das sein, ich hatte mit Abstand
das schlechteste Zeugnis von allen?

Angeblich konnte bei mir ein Graphologe Charaktermerkmale
feststellen, die für den Beruf des KFZ-Mechanikers bestens
geeignet sind.

Auch, dürfte ich mich beim Auswahlverfahren nicht
ungeschickt angestellt haben, oder war es doch meine
Großmutter mit viel Vitamin B?

Mein Kohärenzgefühl war weiter am Wachsen.
Allerdings nur kurz, da ich meine Lehre frühzeitig
abgebrochen habe um mit meinen Freunden herumziehen zu
können.

Leider waren mir Bequemlichkeit und Freunde zum
damaligen Zeitpunkt wichtiger.

Aus heutiger Sicht denke ich, was wäre passiert, wenn mein
Vater die Kündigung nicht unterschrieben hätte?

1991
Abgebrochene Lehre, was tun mit so viel Freizeit?

Mit Freunden um die Häuser ziehen, Kurt, Niki, Christian, Peter um nur vier zu nennen, war auf Dauer natürlich auch nicht möglich und finanziell kaum machbar.
So gab es halt Treffen im Koppreiterhof, oder man setzte sich einfach zu Hause gemeinsam am Amiga500 oder am 486er PC und zockte bis spät in die Nacht hinein, „Geldbörserl angepasst".
CB-Funk wurde von uns auch mit Leidenschaft durchgeführt, CQ CQ wär ist QRV, das war eine geile Sache.
Mein Nick: Skywalker 12
Funk spielte eine Zeitlang eine wichtige Rolle in meinen Leben, da ich mich wichtig machen konnte, ohne gesehen zu werden (Ein Paradies für Komplexler).
Ich lernte immer mehr Leute kennen und baute mit geringen finanziellen Mitteln „die ich als Hilfshackler beim Hausbau erwirtschaften konnte", meine Reichweite deutlich aus.
Riesen Antenne von 6 Metern auf meinem Dach, Röhrenkocher, der damals zur Standardausrüstung jedem CB Funkers gehörte.
Ich bildete mit einer Funker-Kollegin, ich glaube Gummibärli12 war ihr Name, einen Kanal, wo es regelmäßige Zusammentreffen gab, schrieb meine eigene Funker-Zeitung, die auch in kleinen Funker-Geschäften erhältlich war.
Auch organisierten wir ein noch nie dagewesenes Fußballmatch zwischen 2 verschiedenen Funker-Gruppen, es wurden sogar eigene Trikots produziert und es gab einen Kameramann, der alles aufzeichnete.
,Chaosbomber vs. Kanalratten'
Das Ergebnis ist mir leider entfallen, aber irgendwo habe ich noch die original VHS Kassette…
Es war einfach gut organisiert.
Dieses Match ist noch heute unter den damaligen CB Funkern bekannt und hat Kultstatus erreicht.

Diese Zeit wurde aber prompt gestört.
Aufforderung zur Musterung und gleich ab zum Bundesheer
mit zarten 17

Einberufung nach Kärnten, „was wollt ihr von mir?", von
Wien nach Kärnten?
Ich konnte meinem Augen kaum glauben und dachte an einen
Fehler.
Natürlich, kein Fehler und ich musste einrücken.
Liegestützen bis zum Umfallen, Waffen zerlegen,
Stundenlange Märsche, Stiefel putzen, knapp 370 km von zu
Hause entfernt.
Die Zeit beim Bundesheer war nicht ganz einfach, war aber
ein wichtiger Teil auf den Weg zurück in ein normales Leben.

Abrüsten, Bundesheer Ende, Sicherheitsdienst Anfang

Nach dem Bundesheer, ging die Funkerei weiter und ich
bemerkte, dass es jemanden gab, der mir nicht abgeneigt ist
und von Kanal zu Kanal folgt.
Mehr dazu später.
Nach Beendigung des Bundesheeres, war ich endlich alt
genug um im Sicherheitsgewerbe zu arbeiten.
Mein Vater war zur selben Zeit ebenfalls in einem solchen
Beruf tätig und war Sicherheitsdienstleiter im größten
Krankenhaus Wiens.
Beim Sicherheitsdienst angefangen, wurde ich nach
Schulungen in Rechtskunde, Brandschutz usw. in diversen
Ministerien eingesetzt, und lernte sogar Maria Rauch-Kallat
kennen. Ob sie mich heute noch erkennen würde und sich an
mich erinnern kann? Eher nein.
Meine Vorgesetzten bemerkten, dass ich ein
Kommunikationstalent hatte und auch in Stresssituation einen
ruhigen Kopf bewahren konnte.

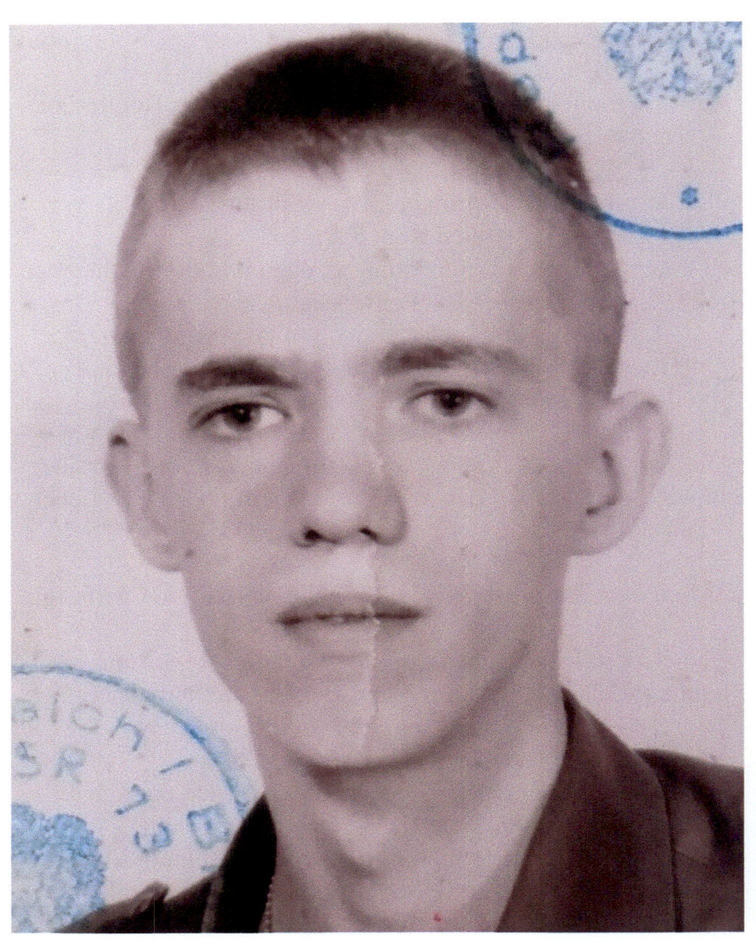

Ich lernte in den diversen Ministerien viele bekannte und
interessante Persönlichkeiten kennen.
Hin und wieder wurde ich auch in einer Botschaft eingesetzt.

In einer anderen Sicherheitsfirma kam ich dann durch meinen
Freund Kurt in ein Forschungsinstitut, wo ich mir alles
Wissen selbst angeeignet habe, was nur ging.
Auch waren meine Vorkenntnisse sehr hilfreich.
Brandalarme, LEM Alarme (Local Emergency Management),
alles kein Problem für mich.
Ich reagierte immer richtig und war auch vom Sicherheitschef
des Forschungsinstituts anerkannt.
In dieser Firma schaffte ich es, Dank meiner Fähigkeiten zum
Wachkommandanten, der seine Mitarbeitern Dienstplan
einteilte und diese auch kontrollieren durfte, natürlich auf
Überstundenbasis.

Aber auch diese Erfolgskurve wurde zerstört.
Eines Tages, arbeitete eine Firma am Kanal und hat direkt
beim Eingang in der Sicherheitsschleuse Arbeiten
durchgeführt.
Die Firma verabschiedete sich von mir und sagte, sie sei fertig
und fuhr von denen.
10 Minuten später kam die Frau eines ranghohen Mitarbeiters
zu mir und wollte ihren Mann anrufen, ich sagte: „Treten Sie
ein!" und öffnete die Schleuse, wo die Arbeiter vorhin
gearbeitet hatten.
Direkt nach dem Öffnen, war die Frau plötzlich
verschwunden, ich glaubte, ich bin im falschen Film.
Die Arbeiter hatten vergessen den Kanaldeckel beim Gehen
wieder drauf zu legen und die Lady stürzte 2 Meter in die
Tiefe, ich war geschockt, sie offensichtlich auch.
Ich verständigte sofort ihren Mann.
Rettung lehnte die Dame ab, da sie laut ihren Angaben nicht
verletzt sei.
Zu meinem Erstaunen, stieg sie die Steigleiter alleine hinauf.

Natürlich wurde von mir alles genau dokumentiert und ich
musste am nächsten Tag zum Sicherheitschef und
Geschäftsführer.
Ganz zu meinem Erstaunen, waren die auf meiner Seite und
halfen mir noch bei der ordentlichen Formulierung, um falls
es zu einer Gerichtsverhandlung kommt, bestens gerüstet zu
sein.

Leider beharrte der ranghohe Mitarbeiter auf Austausch
meiner Person, na-no-na-ned, hätte ich vermutlich auch so
gewollt an seiner Stelle'…

Die Firma kündigte mich nicht und bot mir eine andere Stelle
an.
Dies lehnte ich ab und kündigte den Arbeitsvertrag von selbst
auf.

Nach langem Warten, gute 6 Monaten wurde mir schriftlich
von einer Versicherung mitgeteilt, dass alle Kosten für diesen
Vorfall übernommen werden und ich mich um nichts
kümmern brauche.
Mir fiel ein Stein vom Herzen, da ich kein Geld hatte und
schon mit Ersatzfreiheitsstrafe gerechnet habe und der
Tagsatz für einen Arbeitslosen ist nicht gerade hoch, sag ich
euch.
Gott sei Dank musste ich nichts bezahlen.

Beruhigt von dieser Nachricht ging ich sofort in eine andere
Sicherheitsfirma und war am Wiener Adventzauber auch als
Christkindlmarkt für die Sicherheit verantwortlich.
Dort lernte ich einen interessanten Charakter kennen „Den
immer treuen Wachmann Kurt. T"
Er trug Barett bei Kurzhaarschnitt, Handschellen,
Militärstiefel und schnittfeste Handschuhe.

Ein Mietbulle, wie er im Buche steht, in meinem Taschenbuch
sogar…

Gemeinsam schupften wir ohne Furcht und Tadel, den
wunderbaren Laden , vertrieben Schwarzwaren
Verkäufer ‚schlichteten die eine oder andere Rauferei,
sammelten die Alkoholleichen ein und mussten den einen
oder anderen Obdachlosen vom Pferdezelt verweisen.

Auch, gab es hin und wieder Verletzte nach Schlägereien,
oder gar Stürze, die wir erstversorgen und Streithähne mit
Hilfe der Polizei trennen mussten.

Egal, wie schlecht die Arbeit bezahlt war, sie machte Sinn und
man hatte das Gefühl, etwas Sinnvolles, den lieben langen
Tag, getan zu haben.

Also, man hatte Sinnhaftigkeit, Handhabbarkeit,
Verstehbarkeit.

Nun schlagen wir ein Kapitel auf, welches mein Leben doch
deutlich verändert hat.

Wie vorhin bereits angedeutet, gab es da am CB-Funk eine
Dame, die mir auf Schritt und Tritt folgte.
Mir war die Dame, nennen wir sie „Dorothea" ziemlich
wurscht und egal, da ich kein Bock auf Beziehung hatte.
Allerdings, waren da Funker-Kollegen ganz anderer Meinung
und probierten mich zu einem Treffen mit ihr zu motivieren,
es kamen über Funk Sätze wie „Sie ist sehr nett und
sympathisch", „witzig", „sieht nicht schlecht aus"…

So manch ein anderer hatte bereits ein Auge auf „Dorothea“
geworfen.
Mein Interesse lag allerdings noch immer bei null, nein,
eigentlich bei Minus 200.
Mein damaliger Freund Kurti, mit dem ich auch gemeinsam
an meiner monatlich erscheinenden Funker-Zeitung arbeitete,
war bereits des Öfteren auf Besuch bei besagter „Dorothea“,
vermutlich auf Kaffee und Kuchen.
Er erzählte mir ständig, dass nur über mich geredet wird und
sie ‚Herzerl‘ in die Augen hat, wenn mein Name fällt, Mei
wie liab, dachte ich mir.
So, kam was kommen musste, ich besuchte die liebe
„Dorothea“, schön im Anzug gekleidet mit Krawatte, quasi
ein Kochlöffeltyp mit John Lenon Brille in Mogelpackung.
Wir redeten über Gott und die Welt und tranken Kaffee.
Ja, sie sah nicht schlecht aus und sie war witzig. Wir kamen
uns ein wenig näher, aber es gab selbstverständlich keinen
sexuellen Kontakt, das macht ein Kochlöffeltyp nicht.
Nach langem hin und her, kamen wir zusammen und ich
lernte ihre beiden Kinder kennen, brav und gut erzogene
Kinder, dessen Vater ein wenig einen Sprung in der Platte
hatte.
ie Beziehung wurde immer ernster und wir wollten
zusammenziehen, allerdings gab es da ein kleines Problem,
meinen Vater, da der in meiner Eigentumswohnung wohnte
und diese nicht verlassen wollte.
Er war der Meinung, er habe die monatlichen Betriebskosten
bezahlt und daher sei meine Eigentumswohnung eigentlich
seine, na bitte wie krank oder verkehrt ist das denn?
Ich bat ihn darum die Wohnung zu verlassen oder eine
geringe Miete an mich zu bezahlen und wir einigten uns auf
zwei Jahre Laufzeit.
Er war wenig davon begeistert und unsere Vater Sohn
Beziehung, die mein Leben lang bereits ein geringes Level
hatte, sank dadurch noch ein wenig. So musste ich zu meiner
damals noch geliebten Dorothea ziehen.

Der Bruch mit meinem Vater

Nach zwei Jahren Beziehung mit besagter Dorothea, bewohnte mein Vater noch immer meine Eigentumswohnung und er war nicht im Stande, sich bei Wiener Wohnen um eine neue Wohnung zu bemühen.

Währenddessen, entstand in der Nähe eine Riesen Baustelle und viele Arbeiter suchten eine Wohnung in der Nähe, um dort schlafen zu können.
Ich kam mit einem Vorarbeiter ins Gespräch und mir wurde der dreifache Preis von dem, was mein Vater als Familienfreundschaftspreis bezahlte, angeboten.
Mit dem Anbot in der Hand appellierte ich an die Vernunft meines Vaters und bat ihn, sich endlich mit seiner Partnerin und deren Kind bei Wiener Wohnen zu melden.
Pustekuchen es passierte vier Monate nichts, es war ihm einfach egal.
Was er zu diesen Zeitpunkt nicht wusste, mir war es ebenfalls vollkommen egal…
Er fuhr in den Urlaub mit seiner ach, so wichtigen Familie und kümmerte sich um nichts.
Das war sein Fehler, da ich während seines Urlaubs die Wohnung räumte und die ganze Bande einfach abmeldete.

Was passierte dann? Pech für ihn, er stand vor einer Wohnung, in die er nicht rein konnte da, Türschloss gewechselt und Abmeldung freundlicherweise von mir für alle drei an der Türe angebracht war, ui-ui-ui, man kann sich

Einer der wenigen Bilder von meinem Vater

kaum vorstellen, was dann für ein qualitativ hochwertiges
Gespräch am Telefon stattgefunden hat.
Letzter Satz war, du bist für mich als Kind gestorben!
Pech, aber auch für mich! Alle Arbeiter auf der Baustelle
hatten zwei Wochen davor eine Unterkunft gemietet, einfach
unglaublich.
Es passierte dann was ganz eigenartiges, er schaffte es zu
Wiener Wohnen zu gehen und er erhielt eine Wohnung binnen
wenigen Tagen, eigenartig, wirklich eigenartig.

Ich bekam wenige Monate später eine recht unangenehme
Post zugesendet, in der mich die Hausverwaltung ziemlich
bestimmend auf die offenen Betriebskosten seit ca. 28
Monaten hinweist, diese Überraschung ist meinem Vater
gelungen, vereinbart war geringe Miete für zwei Jahre und die
Übernahme der Betriebskosten.

Was tun, so viel Geld hatte ich nicht und die Hausverwaltung
ließ sich nicht auf Ratenzahlung ein.
Meine Dorothea hatte eine geniale Idee, einfach die Wohnung
zu verkaufen und weiterhin bei ihr zu wohnen.

Leichter gesagt als getan, wer sich erinnern kann, die
Wohnung war von meiner Großmutter mit einem Belastungs-
und Veräußerungsverbot belegt und ich brauchte die
Unterschriften, um diese verkaufen zu können.

Erneute Kontaktaufnahme zu meiner Mutter (nicht mehr lange bis Corona)

Die Unterschrift von meiner Großmutter konnte ich nicht mehr einholen, da sie zwischenzeitlich leider nach schwerer Erkrankung verstorben war, möge sie im Frieden ruhen.

So fehlten mir nur noch zwei, die von meiner Mutter, wo es seit Jahren keinen Kontakt gegeben hat und die meines Vaters, mit dem ich seit Rauswurf aus der Wohnung nicht mehr gesprochen habe.
Das sind ja, ironisch gesehen, ideale Voraussetzungen für einen Erfolg gewesen.
Von „D" den Rücken gestärkt, nahm ich widerwillig telefonischen Kontakt zu meiner Mutter auf und bat um ein Treffen in einem Kaffeehaus im Wohnpark Alt Erlaa, sie willigte ein.
Mit einem unangenehmen Gefühl und massiven Magenschmerzen traf ich mich mit meiner Mutter und war geschockt, wie alt sie mittlerweile geworden ist.
Sie erzählte mir, wie sie und ihr damaliger Ehemann, „auch ein Robert" ihre Mutter bis zum Ende gepflegt haben und von da an die Entscheidung getroffen hat, einen Sozialberuf zu ergreifen und in die Pflege einzusteigen um anderen ebenfalls helfen zu können.
Pflege war mir zu diesen Zeitpunkt was ganz Fremdes und ich wusste nichts damit anzufangen.
Das Ziel fast aus den Augen verloren erzählte ich ihr von meinen Problemen bezüglich der Wohnung und erklärte ihr, dass ich diese verkaufen möchte, da eine große Last wegen der ewigen Streitereien bezüglich der Wohnung los werden möchte, und die Schulden sowieso.

Sie willigte unter einer Voraussetzung ein, ich möge meinem Bruder Markus auch 95000.- Schilling geben, da auch er was vom quasi Erbe erhalten möge.

Ich willigte ein, da ich mit meinem Bruder zwar einen regen,
aber dennoch guten Kontakt hatte.
Dann kam noch ein sehr interessanter Satz von ihr „du wirst
sehen, dein Vater will Geld für die Unterschrift".

Treffen beendet, ab zu meinem Vater ‚mit erneuten
Magenschmerzen' über Treffen mit meiner Mutter informiert
und bitte um Unterschrift, er willigte ein, ohne Geld dafür zu
wollen, was ganz im Widerspruch zu dem, was meine Mutter
ankündigte stand, ja er hatte so etwas, wie ein Gewissen und
zwar ein schlechtes.
Ich fand daraufhin schnell einen Käufer und es kam zu einem
unfreiwilligen Treffen meiner beiden Eltern beim Notar, das
war so herzlich, wie bei einem Begräbnis, das Treffen
zwischen Teufel und Engel, doch wer war der Engel, wer der
Teufel?
Kurz vor der Unterschrift meiner Mutter, musste ich mich
mit dem Notar und meiner Mutter, sowie den Käufern (mein
Vater ausgeschlossen) zu einem persönlichen Gespräch
zurückziehen.

Meine Mutter zerstörte wieder alles

Meine Mutter wollte erst vor dem Unterschreiben ein
Sparbuch in der Höhe von 95000.- Schilling für meinen
Bruder ausgehändigt bekommen.
Das war nicht allzu schwer und ich einigte mich mit dem auch
anwesenden Käufern auf eine Anzahlung von besagten
95000.- Schilling, marschierte in die nächste Bankfiliale und
eröffnete ein Sparbuch auf den Namen Markus mit
Losungswort Markus, sehr geistreiches Losungswort, möchte
ich anmerken.
Schnell mit Sparbuch in der Hand raste ich wieder zurück ins
Notariat und übergab das Sparbuch für das ich eine
schriftliche Bestätigung erhielt.

Es nahm seinen Lauf, die Wohnung wurde übergeben, das
restliche Geld, nicht gerade wenig wurde von einem
Treuhandkonto auf mein Konto überwiesen.
In der Zwischenzeit wieder ein wenig Kontakt zu meinem
Vater aufgebaut, gab es ein Treffen in seinem
Stammwirtshaus in 1120 Wien „Gasthaus B"
Er fragte mich, was meine Mutter beim Notar wollte und
warum er nicht dabei sein durfte.
Ich erzählte ihm davon und er war nicht mal erstaunt, sondern
äußerte sich ungeniert, „Arschloch bleibt Arschloch", sagte
der, der mich in die Lage brachte, die Wohnung verkaufen zu
müssen.

Wer glaubt, es geht alles nicht mehr schlimmer, sollte jetzt
unbedingt weiterlesen.
Wenige Wochen nach Verkauf meldete sich mein Bruder bei
mir und fragte mich spaß halber ob ich nicht ein wenig mit
ihm teilen möchte.
Ein wenig erstaunt fragte ich, wo das Geld am Sparbuch hin
verschwunden ist.

Welches Geld, entgegnete mein Bruder, na, das Geld, was ich unserer Mutter übergeben musste, um deren Unterschrift zu erhalten: das Erstaunen beidseits machte sich breit.

Ich zeigte ihm und seiner damaligen Freundin den Zettel und er wurde ruhig.
Es stellte sich heraus, dass meine Mutter das Sparbuch „Markus" nie an selbigen übergeben hat.

Danke liebe Mama, ich weiß nicht, was du damit bezwecken wolltest, aber recht herzlichen Dank.

Wieder mal alles zerstört…

Geld was jetzt

Jetzt hatte ich eine Menge Holz am Konto und wusste nicht genau, was ich damit machen sollte. OK, ich kaufte mir einen neuen Computer, renovierte die Wohnung von Dorothea und kaufte Möbel.

Nebenbei baute ich im Internet eine große und mehr oder weniger erfolgreiche Mailtausch Plattform auf und arbeitete Tag und Nacht daran.
Mein damaliger Freund, Franz, unterstütze mich mit seinen hervorragenden Programmierkenntnissen.
Ich entdeckte meine Liebe für Ratten, also die tierische Ratte nicht menschliche Ratte und Franz entdeckte die Liebe zu Dorothea…

Glück im Unglück „Franz" war nicht der Typ, auf den Dorothea so stand.
Machte Webdesign für ein Damen-Begleitservice mit Happy End, produzierte Werbebanner im Netz, was mir einiges an Geld einbrachte.
Des Weiteren, arbeitete ich als Call Center Agent für einen heute sehr großen Handynetzanbieter in der Rufnummernauskunft.

Aber dies wurde mal langweilig und es kam von Dorothea die Idee, wir mögen eine Geschäft eröffnen für gebrauchte Waren, wie meine Leidenschaft, Spielkonsolen der 80er Jahre und Spiele aus dieser Zeit.
Diese Leidenschaft teilte Dorothea mit mir und wir hatten gemeinsam ein fundiertes Wissen und wussten über Spiele für z.B. Playstation 1 und, Nintendo NES, Nintendo SNES, Sega usw. genau Bescheid und durchsuchten auch diverse Flohmärkte nach unwissenden Verkäufern, um ein Schnäppchen zu ergattern.

Wir machten uns auf die Suche nach einen freistehenden Geschäft und wurden in 1120 Wien fündig und eröffneten unsere Schatztruhe.
Wir kauften billig Secondhand Ware ein und verkauften diese teurer weiter.
Viele Kunden waren knapp bei Kasse und verkauften Spielkonsolen und Zubehör zu Schnäppchenpreisen, die Ware konnte auch belehnt werden.
Allerdings brauchten die Kunden gleich Geld und es gab natürlich bei Sofortkauf, sprich Auszahlung Bares deutlich weniger für die Ware.

Dorothea war für die Buchhaltung und sonstiges zuständig.
Das Geschäft lief einige Jahre gut und es machte sich danach eine flaute breit, alles was in der Nähe wohnte, haben wir

ausgequetscht und auf dem Onlinehandel bin ich leider zu
spät aufgesprungen bzw. aufmerksam geworden.
Das größere Problem allerdings war das, dass das Geld immer
weniger wurde, da Dorothea mehr ausgegeben hat, als wir
eingenommen haben.
Nahm ich 2000.- ein wurden 2500.- ausgegeben, waren es
4000.- wurden 4500.- ausgegeben.
Komischerweise in der Buchhaltung stimmte alles, hm…

Es kam, wie es kommen musste, das Geld wurde weniger und
mit dem Geld auch die Liebe von Dorothea zu mir, sehr
eigenartig.
Eines Tages, war mein Geld vom Konto verschwunden und
alles änderte sich schlagartig.

Mittlerweile übernahm ich für eine sehr erfolgreiche
Spielplattform im Internet die Serveradministration und
dessen Betreiber aus Deutschland machte sich im Hintergrund
an Dorothea ran und es kam zu mehreren Treffen, die mir
auch nicht verheimlicht wurden, sondern freundlicherweise
kommuniziert, ach wie nett.
Während dieser Treffen verliebte sie sich in den Betreiber und
gab mir netterweise die Frist in 14 Tagen auszuziehen,
während sie bei ihm ist.
Nach 7 Jahren war das Ende nun da.

Na bum, für mich brach eine Welt zusammen, ich weinte und
war am Boden zerstört und konnte nichts mehr Essen, wollte
es einfach nicht wahrhaben.
Meine Körperhaltung war zu diesem Zeitpunkt, wie die eines
geschlagenen Hundes und ich konnte Leute, denen ich auf der
Straße begegnet bin, nicht mal ins Gesicht sehen, ein Haufen
Elend auf zwei Beinen.

Da Dorothea sichergehen wollte, dass ich auch verschwunden bin, schickte sie ihre Schwester als Kontrollorgan aus. Erstaunlicherweise bekam ich von deren Schwester und dessen Freund seelischen Beistand und Unterstützung, danke dafür.
Auch mein Bruder unterstützte mich in dieser schweren Zeit, war für mich da, wenn ich angerufen habe und es kam auch immer wieder zu den Treffen, auch hierfür mein Dank.

Mein Vater, der immer Stammkunde im Geschäft war, unterstützte mich ebenfalls, so gut er konnte, was für ihm schwierig war, da seine Lebensgefährtin noch immer wegen des Rauswurfes stinkig war.

Also, was brauchte ich jetzt ganz dringend.
Genau eine Wohnung und ein geregeltes Einkommen.

Aus Verzweiflung nahm ich Kontakt zu meiner Mutter auf, ich musste einfach jeden erzählen was passiert ist und hoffte vermutlich im Hintergrund auf Hilfe.

**Die erneute Kontaktaufnahme zu meiner Mutter leitete
den besten Abschnitt meines Lebens ein.**

Verzweifelt und wieder zum Kochlöffeltyp mutiert, ich hatte
56 Kilogramm bei 1,84 cm Körpergröße, ein Adonis oder
doch eher ein Adönchen, wandte ich mich mit erneuten
Magenschmerzen an meine Mutter und erzählte über meine
Problematik.
Ihren rauen Mann „Robert" gab es auch noch.

Zu meinem Erstaunen hörte Sie mir zu und wir einigten uns
darauf, die Vergangenheit zu begraben und hinter uns zu
lassen (Schließlich ist ja Corona im Anmarsch, was ich aber
damals noch nicht wusste).
Sie bat mir Hilfe an und verwies mich an Johanna, die Mutter
dessen Freundin, die mit meinem Bruder noch immer liiert
war und aus der Vergangenheit im Koppreiterhof mir besten
bekannt gewesen ist.

Johanna war zu diesen Zeit im Immobiliensektor aktiv und
vermittelte mir eine kleine 27m2 Wohnung in Wien Meidling.
Bei Besichtigung der Wohnung, öffnete ich die Türe und
schlug mir beinahe an der Mauer die Nase an, mein Gott
27m2, sind so klein.
Ein Vorzimmer, WC, Dusche und ein Wohnzimmer wurden
somit mein neues Reich , klein aber mein.

Die Freundin meines Bruders besorgte mir einen Aushilfsjob
in einer sogenannten Zoohandlung, die zwei Minuten zu Fuß
erreichbar für mich gewesen ist.
Besser hätte ich es nicht erwischen können.
Verkaufen war meine Stärke, Trafik mit 14+, Geschäftsführer
und Verkäufer in meiner Tauschzentrale.
Fische raus fischen, Wellensittiche, die mich immer wieder
zwickten, flotte Hamster in Schachteln zu verfrachten und

Tierfutter und Angelzubehör machten mich zwar nicht Reich,
aber sicherten mein Überleben.
Der Chef dieser Zoohandlung war ein lustiger, aber absolut
unrealistischer und ewig gestriger Typ, der das Geschäft von
seinem Vater übernommen hat.

So war ich auf 27m2 Anfangs unglücklich, aber dennoch hatte
ich wenigstens Ruhe und fühlte mich zusehends wohler.
Der Kontakt zu meiner Mutter, wurde als Dank für die
erhaltene Hilfe aufrechterhalten.
Täglich kam ich zu Besuch und wir redeten über Gott und die
Welt, selten über Vergangenes, denn das wurde ja begraben.
Sie merkte auch während der Gespräche, dass ich durchwegs
über einen Intellekt verfüge, mit dem sie bis Dato nicht
gerechnet hatte, was sie mir auch so kommunizierte.

**Eines Tages passierte was ganz Unerwartetes, was mein
Leben nachhaltig verändern sollte.**

2005

Meine Mutter und ich saßen wieder mal auf einen guten
Kaffee zusammen und sie erzählte mir, dass eine
Arbeitskollegin, eine Pflegehelferin auf zweiten Bildungsweg
zur Diplomierten Gesundheits- und Krankenschwester, die
hier im Haus wohnt, zu Besuch kommt.
Ich, zu diesem Zeitpunkt, war noch in einer Phase von letzter
Beziehung enttäuscht, wo ich mir gesagt habe, nie wieder eine
Frau, lieber einen Baum auf der Straße.

Es war so weit, es läutete an der Tür, meine Mutter öffnete die
Selbige, ich hörte, wie sich jemand die Schuhe auszog und
plötzlich war sie da, diese Frau, diese wunderschöne Frau, die
zu mir „Hallo, Eva" in einem anmutend klingenden Akzent
sagte, während meine Herzfrequenz die 200 Marke längst

durchbrochen haben dürfte, es zu massiven
Schweißausbrüchen axillär und in den Händen kam,
Blutdruck vermutlich nicht mehr messbar, brachte ich unter
meiner John Lennon Brille mit Kloß im Hals ebenfalls ein
leises „Hallo, Robert" und einen schwachen Handdruck
heraus.
Der Duft bei der Nähe, sorgte für weitere hormonelle
Störungen innerhalb meines Körpers.

Von diesem Zeitpunkt an, war ich verliebt, es war Liebe auf
den ersten Blick und mir war klar, diese Frau oder keine
mehr.
Meiner Mutter ist die momentane hormonelle Störung
meinerseits nicht unbemerkt geblieben und sie fragte mich,
nachdem Eva nach Hause gegangen ist, was ich von ihr halte.
Na Hallo, natürlich eine ganze Menge, was glaubst du denn,
dachte ich.

So erzählte mir meine Mutter einiges von ihr, jede auch so
kleine Information war jetzt Gold Wert für mich.
Sie kommt aus Rumänien, um genau zu sein aus
Siebenbürgen, was auch den ungarischen Akzent erklärt, aus
gutem Hause und hat einen Neffen, eine Schwester und einen
Freund, mit dem sie eine schwierige Beziehung führt.
Von da an war ich stetig bemüht, zufällig bei meiner Mutter
anwesend zu sein, wenn Eva ihr Kommen angekündigt hat.

Mein Ziel war es, mehr von dieser Schönheit zu erfahren und
einfach präsent zu sein.
Ich zeigte Interesse an ihrem Leben und baute eine
Vertrauensbasis zu ihr auf und mimte den platonischen
Freund, der natürlich ganz andere Ziele verfolgte.

Eva 2005

Ein Spruch aus meinen Stammbuch, leider keine Ahnung mehr, von wem geschrieben, diente mir hier als Stütze.

Sei immer bescheiden, verlange nie zu viel, dann kommst du zwar langsam, aber sicher zum Ziel.

Ich begann an mich immer mehr in das Leben von Eva einzuschleichen, um zu erfahren, was sie mag und was gar nicht.
Es gab stundenlange Telefonate, wo sie mir erzählte, wie sehr sie ihren Neffen und ihre Mutter vermisst.
So habe ich mich, intelligentes Kerlchen, was ich nun mal bin auf eine psychologische Schiene begeben und ihr einen Polster mit Foto ihres Neffen besorgt und ein Kaffeehäferl mit einen schönen Bild von ihr drauf.

Man denke mal soweit, meine große Liebe steht auf, der Polster ihres Neffen neben ihr und der erste Gedanke im Hinterkopf bei mir, da der Polster ja von mir geschenkt. Zweiter Gedanke, sie trinkt gerne Kaffee und trinkt diesen jeden Tag aus dem von mir geschenkten Häferl, bum, wieder im Hinterkopf, aber völlig unbewusst ich.

Wie schon vorhin kurz angemerkt, machte Sie eine Aufschulung von Pflegehelferin zur Diplomierten Krankenschwester und schrieb an Ihrer Diplomarbeit, wo ihr meine Mutter auch Unterstützung zusagte.

Meine Mutter wollte eigentlich immer, dass ich mit Eva zusammenkomme, merkte aber auch schnell, dass ich mehr Zeit für die Eroberung Evas investierte, als in unsere gemeinsamen, Mutter Sohn Treffen', dürfte ihr nicht gefallen haben.

Eva dürfte nebenbei recht schnell bemerkt haben, dass ich mehr von ihr möchte, allerdings, war da das Problem mit

ihren Freund, welches sich dank seiner eigenen Dummheit
und Unzuverlässigkeit selbst löste.
Ein weiteres Problem schien scheinbar unlösbar für mich,
meine Angebetete war verliebt in Ihren Nachbarn. Oh-Nou,
dieser sah deutlich besser aus als ich, wirkte männlich, also
was tun.
Dass ich ihn absolut nicht leiden konnte, ist ja hoffentlich klar
und bedarf keiner weiteren Erklärungen.

Was mache ich kleine Intelligenzbestie nun? Natürlich ich
probiere mich zu dem entwickeln was Eva gerne möchte,
muss aber dennoch authentisch bleiben, ich änderte meinen
Kleidungsstil, Brille verschwand und wurde von
Kontaktlinsen ersetzt, Haare kurz und modern geschnitten.

Ja aus dem Kochlöffeltyp wurde ein zwar nicht besonders
attraktives, aber dennoch ein deutlich besser aussehendes
Kerlchen.
Diese Veränderung entging Eva natürlich auch nicht.

Ich probierte auch Kontakt zu Ihrer Mutter in Rumänien
aufzubauen und schrieb ihr mit Hilfe einer ungarischen
Bekannten eine Postkarte in ungarischer Sprache.
So bekam ich dann auch Schützenhilfe, die ich dringend
notwendig hatte.

Der liebe Nachbar, Feindbild Nummer 1 lud meine Frau auf
den Schönbrunner Adventmarkt zum Punsch trinken ein,
quasi ein Date, der Kotz war ich angefressen, oder besser
gesagt neidisch und eifersüchtig.
Natürlich ließ ich mir das als guter platonischer Freund nicht
anmerken und wünschte ihr telefonisch viel Spaß und ihm im
Gedanken die Krätze.

Meine Gedanken spielten natürlich verrückt, sie werden sich
näherkommen, sie werden sich verlieben und ich werde auf
der Strecke bleiben.
Da gab es aber jemanden, der es sehr gut mit mir meinte und
der ihm so ziemlich alles falsch machen ließ, was man nur
falsch machen kann.
Es fing an zu regnen, er spannte seinen Schirm auf und hielt
ihn elegant über seinen ach so männlichen Körper, Eva wurde
leider nass, haha voll der Gentleman.
Auch ließ er meine Angebetete das Getränk selber bezahlen.

Dinge, die Eva so gut wie gar nicht leiden konnte.
Voller Spannung wartete ich auf ihren Anruf und sie erzählte
mir, was vorgefallen ist, Yeah, lieber Nachbar, das war wohl
nix.
Zwischenzeitlich merkte meine Mutter, dass ich nur noch mit
Eva zusammenklebte und mich kaum mehr von ihr losreißen
konnte und der anfängliche Wunsch, dass wir
zusammenkommen war plötzlich nicht mehr gegeben.
Sie versuchte einen Keil zu treiben, probierte negativ auf Eva
einzuwirken und versagte ihr die Unterstützung bei der
Diplomarbeit.
Ich für meinen Teil sagte zur selben Zeit Unterstützung bei
der Diplomarbeit zu und war hier das erste Mal so richtig mit
der Pflege konfrontiert.
Ich lass mich in das Thema Stoma ein und erkannte sehr
schnell medizinischen und pflegerischen Zusammenhänge,
formatierte ihre Arbeit, erstellte ihr Poster und begann sie
rhetorisch für den Vortrag zu unterstützen.
Natürlich schaffte Sie ohne Probleme das Diplom.
Nebenbei fing ich an bei einer Verleihfirma für einen großen
Energiekonzern in Wien zu arbeiten um ordentlich Geld zu
verdienen.
Es war mir möglich im CCC – Costumer Care Center zu
arbeiten und nebenbei meinen Job in der Zoohandlung zu

behalten, 60 Stunden Wochenarbeit und mehr brachten gutes
Geld.
Auch diese Firma erkannte schnell meine Fähigkeiten und so
wurden „schwere Fälle" und Eskalationsgespräche an mich
weitergeleitet.
Es war nicht immer einfach, die Rechnungsauskünfte, die
Ratenzahlungen und unerklärbare Buchungen zuzuordnen und
den Kunden zufrieden zu stellen. Aber wenn es einer aus
unseren Team schaffte, war ich es.

Die Zeit verging und Eva fand, so verspürte ich es auch
immer Interesse an mir.
Ich gestand ihr eines Tages am Telefon meine Liebe und es
kam zu einem Treffen, an den ich mich heute noch voller
Freude zurückerinnern konnte.
Der Geruch von Ihrem Parfüm auf meinem Polster ist noch
heute in meiner Nase, oder eher im meinen Kopf und dieser
Duft ist noch heute mein Lieblingsgeruch.

Schnell folgte ein Heiratsantrag, schließlich möchte Man(n) ja
keine Zeit verlieren.
Der Heiratsantrag wurde zwar verspätet, aber doch
angenommen und wir heirateten am 18.12.2006
standesamtlich im kleinen Kreis in Wien Margareten.
Geladen natürlich meine Mutter und mein Vater und mehrere
Freunde der Familie.

Am besagten Tag passierte aus meiner Sicht was ganz
Eigenartiges.
Mein Vater gab am Standesamt meiner Mutter die Hand und
stellte sich mit Namen Vollmann vor und fragte mich wenige
Minuten später, wer diese Frau eigentlich ist.
Ich konnte vor lauter Lachen kaum mehr Luft bekommen,
musste aber natürlich Contenance bewahren.

Nach mehreren gewünschten am Klavier gespielten
Musikeinlagen und viel bla, bla seitens des Standesbeamten,
kam es zu den Unterschriften und den langersehnten Satz, Sie
dürfen ihre Braut küssen.

Voila, ich habe mein Ziel erreicht und diese Frau geheiratet
und von diesem Zeitpunkt an mein Leben war lebenswert und
es ging immer weiter bergauf
Ich gab meine kleine 27m2 Wohnung zurück und zog in ihre
gemütliche Dachgeschosswohnung in Meidling.

Ich lernte, um meiner Frau zu imponieren, die ungarische
Sprache, was bei weitem nicht ganz einfach war.
Sie unterstützte mich dabei, in dem Sie auf jeden Sessel, dem
Tisch, sogar an die Fenster das ungarische Wort mit einen
Post-it klebte.
Sessel: *szék* ausgesprochen Sek
Tisch: *asztal* ausgesprochen Asstal
Fenster: *ablak* ausgesprochen ablak
Meine Aussprache wurde immer besser und besser, so, dass
eine einfache Verständigung auf Ungarisch bereits möglich
war.

Wir fuhren Jahrelang regelmäßig nach Szekelyudvarhely,
meiner Ansicht nach, eine der schönsten Städte in Rumänien.
Ich hatte immer ein komplett anderes Bild von diesem Land,
aus Fernsehen kannte man nur kaputte Häuser, schlechte
Straßen usw.
Zugegeben, wenn man weiter rausfuhr, konnte man natürlich
Armut erkennen, aber nicht in Szekelyudvarhely.
Mir gefiel es in Rumänien so gut, dass ich über eine
Auswanderung nachgedacht habe.
Wir haben dort alles, was wir brauchen, freundliche
Menschen, auch wenn diese weniger haben, ein Haus, ein
Geschäft, gesichertes Einkommen.

Weiterer Plan 6 Monate arbeiten in Österreich, 6 Monate in
Rumänien.
Allerdings, wollten wir auch Kinder, welche in Österreich
natürlich bessere Möglichkeiten hätten.
Kinder, mehr dazu später.

Zwischenzeitlich kündigte ich beim großen
Elektronikkonzern und der Betreiber der Zoohandlung ging in
seine wohlverdiente Pension.
Erneut ging ich zu einer Sicherheitsfirma, welche auch sehr
schnell meine Fähigkeiten erkannte, eine große
Mineralöltransportfirma nur mehr mich, als
Sicherheitsbeauftragten haben wollte.
Dies erfüllte mich mit Stolz.
Allerdings, war es auch schwer zu bewerkstelligen, da ich
somit fünf Nachtdienste jede Woche absolvieren musste, um
den Kunden quasi zufriedenzustellen.
Aus Kostengründen verzichtete die Mineralölfirma nach 6
Monaten auf die Dienstleistungen bei der Firma, bei der ich
angestellt war und ich musste mich neu orientieren.
Eigentlich war ich im Inneren sehr froh darüber, da 6 Monate
5-mal die Woche Nachtdienst Spuren hinterlassen haben.

Ich hatte guten Kontakt zu einem Kontrollor „Michael" in der
Firma, meine Ansicht nach einer der helleren und realistisch
denkenden in diesem Unternehmen.
Er setzte sich für mich ein, ich konnte nach mehreren
Schulungen, Brandschutz, Rechtskunde, Schulungen zum
Detektiv, TÜV geprüfter Aufzugsbefreier, Regelung im
Straßenverkehr und Besitz eines Waffenscheins vorweisen.

Waffenschein, ja so unglaublich das klingen mag, ich durfte
die Waffe im geladenen Zustand im Uniform sichtlich an
meinen Körper tragen oder im schwarzen Anzug in Zivil
verdeckt.

Diese Zeit war recht spannend und wie man es aus diversen
Filmen kennt, wurde z.B. eine Wohnung gegenüber eines
Lokals gemietet, um den Betreiber observieren zu können,
Nachtsichtgerät, Feldstecher und eine Knarre am Körper, das
war eine coole aber mitunter auch langweilige Arbeit.

Juweliere wurden schwer bewaffnet ebenfalls von mir und
meinen Kollegen bewacht.
Vereinzelt waren einige Bürger offensichtlich damit
überfordert und hatten die Frechheit zu fragen, wer uns das
Recht gibt, eine Waffe zu tragen, auf Nachfrage von meiner
Seite nach deren Dienstausweis, war immer ein Staunen im
Gesicht zu erkennen, welchen Dienstausweis? Natürlich den
der Polizei, denn nur die habe das Recht, mich und meinen
Waffenschein zu kontrollieren.
Haben Sie nun einen Dienstausweis, „Nein", dann gehen Sie
weiter, bevor ich die Polizei wegen Amtsanmaßung rufe.
Dies zeigte dann immer Wirkung und sie gingen weiter ihren
Weg.

Meine Frau fing bereits hier an auf mich einzuwirken, um mir
die Pflege ein wenig schmackhaft zu machen.
Sätze wie, du bist so kommunikativ, hast eine gute
Beobachtungsgabe und hast was Besseres und Einfacheres
verdient, weniger Stunden und mehr Geld...

2
0
0
9

18.01.2010 Eine Prinzessin wird geboren
(Nur noch 10 Jahre bis Corona)

Am 18.01.2010 es war ein Montag, genauso wie bei mir, kam
nach 9 Monaten Warten endlich unser lang ersehntes erstes
Kind zur Welt.
Es wurde ein kleines Mädchen, zart, klein, zauberhaft, wir
gaben ihr den Namen Viktoria

„Viktoria Vollmann"

Leider, musste sie anfangs in den Brutkasten, da die
Sauerstoffsättigung nicht ausreichend gut war und meiner
Frau ging es daneben auch sehr schlecht.
Sie hatte Blutungen, die nicht aufhörten, reagierte allergisch
auf manches Medikament „ihre Hand schwoll aufs doppelte
Größe an", es war ihr kalt und sie zitterte am ganzen Körper.
Ich war unsicher und besorgt, wich aber keine Sekunde von
ihrer Seite und beobachtete die kleinste Veränderung, die ich
unverzüglich an die diensthabende Schwester weiterleitete.

Meine Tochter hatte ich zu diesem Zeitpunkt nicht wirklich
im Kopf, da ich Angst hatte, dass die Blutungen nicht
aufhören und es schlimm enden könnte.
Dank einer Dilatation konnte die Blutung dann endlich
gestoppt werden.

Meine bezaubernde Tochter durfte ich dann auch zumindest
im Brutkasten berühren.
Dieser Moment war himmlisch und ist in Worten kaum zu
beschreiben, es war auf einmal was Lebendiges da, das durch
mich und meiner Frau erschaffen wurde.

18.01.2010
Ein Datum, das sich zu den wichtigsten Daten in meinem
Leben einordnet

19.09.1972
09.12.1974
18.12.2006
18.01.2010

Meine Tochter war von diesem Zeitpunkt an unser ein und
alles, zu Hause angelangt trugen wir sie täglich mit Stolz,
wiegten sie beruhigend in den Schlaf und sorgten uns, sobald
sie krank wurde.

Anfangs war es natürlich schwer sich umzustellen, an den
alten Schlafrhythmus war natürlich nicht mehr zu denken.
Aber es war uns egal, wir hatten unsere geliebte Tochter, die
liebevoll großgezogen wurde und ein süßes Kleinkind wurde.

Jedoch konnte ich meine Tochter wegen meiner 60 Stunden
Woche und mehr, kaum sehen und ich dachte darüber nach,
den Beruf zu wechseln und auf meine Frau zu hören.

2010 Meine Tochter und ich

Pflegehelfer: Ja oder Nein?

Ich dachte darüber nach den Beruf zu wechseln, war aber
nicht wirklich bereit eine Schule dafür zu machen oder große
Veränderungen dafür in Kauf zu nehmen,
Des Weiteren ist meine schulische Laufbahn und meine
diesbezüglichen Leistungen ja bereits bekannt.

Meine liebe Eva machte da nicht so lange herum und hat für
mich in einer „Wiener Schule für Sozialberufe" eine
Bewerbung abgegeben, worauf es auch prompt zu einer
Einladung zum Auswahlverfahren gekommen ist.
Pfff, dachte ich mir, was soll ich dort machen, da muss ich
Popo wischen, ich suchte nach Ausreden um dort nicht
hingehen zu müssen.

Meine geliebte Göttergattin lies aber keine Ausreden zu und
ich musste mit gehobenen Hauptes zu dieses
Auswahlverfahren gehen.
Leichterer Weg wäre gewesen, meine Frau im Glauben zu
lassen, ich gehe hin und stattdessen nicht zu gehen und zu
sagen ich wäre nicht genommen worden.
Darüber dachte ich am Hinweg ernsthaft nach, da ich Angst
vor einer Veränderung hatte.

Allerdings war mein Pflichtgefühl, als Ehemann und Vater
gegenüber Frau und Kind deutlich stärker und ich nahm an
dem Auswahlverfahren teil.
Es wurde soziales Verhalten, logisches Denken und auch der
Umgang an einer Puppe, die im Krankenbett lag, überprüft.
Puppe im Krankenbett, obwohl man keine Vorerfahrung hatte,
war mir eigentlich nicht ganz klar, was hierbei getestet
werden sollte.
Abgerundet wurde das Auswahlverfahren mit einem
schriftlichen Test und psychologischen Gespräch.

Ich bekam einen positiven Bescheid mit Startdatum für
Schulbeginn in zwei Monaten.

Na zack, was jetzt tun, meinen alten Job als Waffenträger an
den Nagel hängen und Schüler werden? Wer finanziert die
Schulung? Bekomme ich Hilfe von AMS?

Da fiel mir dann mein alter Freund aus CB-Funk Zeit ein
„Alfred“ Nick Vangelis, selber Schreiberling einer Funker-
Zeitschrift und was viel wichtiger war, der Leiter einer AMS
Abteilung in Wien Donaustadt.
Ich bat ihn um Hilfe, er gab mir wichtige Tipps und führte
Gespräche mit für mich zuständigen Arbeitsmarktservice.

So kam es zur Kündigung bei meinen Arbeitgeber, Wunsch
auf einvernehmliche Kündigung, oder Kündigung seitens der
Firma wurde natürlich abgelehnt, da die Firma zum
damaligen Zeitpunkt zu wenig Waffenträger hatte.

Nach der Kündigung, probierte die Firma noch Geld
rauszuschlagen und forderte Rückzahlungen für
Waffendokument und diverse Schulungen.
Natürlich kam alles ganz anders und ich habe Dank
Arbeiterkammer Wien sogar noch Geld nachbezahlt
bekommen, und das nicht zu knapp.
Hier gilt auch gleich mal der Dank der Arbeiterkammer Wien.

2012 Schule für Pflegehilfe

Nachdem die Finanzierung nun geklärt war besuchte ich im
Jahre 2012 die Pflegehelfer Schule und sah dort Gesichter, die
mir noch aus dem Auswahlverfahren bekannt waren.

Anfangs war es sehr schwer mich wieder an das Lernen zu
gewöhnen, schließlich war ich bereits fast 38 Jahre alt und
besuchte ewig keine Schule mehr.
Viele der Teilnehmer waren gerade mal 20 Jahre alt oder
jünger, soweit ich mich erinnern kann, war ich der
Zweitälteste…

Nach der Vorstellungsrunde kam es zur Wahl zum
Klassensprecher und der Klassenvorstand fragte mich, ob ich
die Wahl annehme, ja natürlich wurde ich ja einstimmig
gewählt, warum? Vermutlich waren es mal wieder meine
kommunikative Fähigkeiten und mein selbstbewusstes
Auftreten.

Es folgten Unterrichtseinheiten, wie Anatomie, Somatologie,
Rechtskunde, Pathologie, Kommunikation, GuK,
Hauskrankenpflege, Palliativpflege usw.
Ich erkannte sehr schnell Zusammenhänge im Kreislauf des
Körpers und hatte Dank meiner Frau keine Schwierigkeiten
mit dem Lernen, ganz im Gegenteil, immer wenn ich was
gefragt wurde, hatte ich die richtige Antwort parat.
Was ich nicht anhand der Skripten verstehen konnte, lernte
ich mir durch andere Fachbücher, so viele Fachbücher, bis
eines dabei war, das ich verstehen konnte.

Ich erinnere mich hier an einen Tag, an dem meine Mutter,
aus welchen Grund auch immer zu Besuch kam und sah, wie
ich wegen der Anatomie des Herzens , fünf verschiedene
Bücher zum Thema Herz am Tisch liegen hatte und alle genau
durchging.

An dem Tag sagte sie zu mir, du wirst nicht Pflegehelfer
bleiben, wirst du sehen.

Meine Frau arbeitete unermüdlich für mich Fragen aus und
unterstütze mich in allen Belangen und baute mich auch
immer auf, wenn ich mal, na sagen wir ein wenig überfordert
war.

Bei den Prüfungen hatte ich von Anfangs an nur Einser und
wollte mir auch beweisen, dass ich besser sein kann, als die
anderen, auch deutlich jüngeren Schüler.
Da die Schule aber nicht nur aus Theorie besteht, sondern
auch als Praktika und das nicht zu wenig, rückte der Tag des
ersten Praktika immer näher.
Mein Vater war zwischenzeitlich Stolz und erzählte der
halben Welt, dass ich nun Krankenpfleger werde.

Ich hatte Glück und musste die erste Praktikumsstelle „Ein
Spital der Orthopädie" mit einer zweiten Schülerin
gemeinsam aufsuchen, ganze 6 Wochen.
Wir wurden sehr herzlich aufgenommen und ich konnte mich
wieder mal aufgrund meine offenen und kommunikativen Art
in das Team integrieren, meine Schulkollegin hatte da
massive Probleme, obwohl dies ihr bereits siebentes
Praktikum war.
Sie war bereits in einer Diplomschule, die sie abgebrochen
hatte.

Es war eine konservative Schmerztherapie Station mit sehr
viel Klassepatienten, um genau zu sein Sonderklasse
Patienten, die gerne bedient werden wollten, kein Problem für
mich.

So kam es auch vor, dass geläutet wurde, um ein Glas
einzuschenken, obwohl beide Hände gesund waren, kein

Problem, einschenken und nicht darüber nachdenken, war
mein Motto.
Es war eigentlich ein ganz einfaches Praktikum, man musste
die Patienten nur fragen, ob alles in Ordnung ist, da die
meisten mobil waren, wurde nicht ein einziger Patient von
mir gewaschen.
Viel mehr ging es darum die Patienten von A nach B zu
begleiten , Therapiezetteln auszuteilen, Therapietermine zu
verschieben und ganz selten durfte eine Infusion gegen
Schmerzen angehängt werden, sogenannte Analgetika, die
gegen leichte bis mittelstarke Schmerzen helfen sollten.

Ich durfte an allen Therapien teilnehmen,
Entspannungstherapien, Unterwassertherapie, Physikalische
Therapien und sogar bei einer Hüft-TEP-OP durfte ich direkt
im OP-Saal zusehen, das war schon was.
(Unter der Hüft-TEP versteht man die totale Endoprothese des
Hüftgelenks!)
Es war eine echt tolle Erfahrung, nur der raue Umgangston
während der OP verwunderte mich ein wenig.
Die Tage vergingen und ich machte immer mehr selbständig
und ich nahm auch meine eher schüchterne Schulkollegin mit,
um auch ihr Vertrauen ein wenig zu stärken und sie mit zu
reisen.
Nach weiteren Tagen fragte mich die Praxisanleiterin, "Erika"
mein wievieltes Praktikum das denn sei, ich entgegnete mein
Erstes, sie war erstaunt und fragte mich das wievielte meine
Kollegin machte, ich sagte das Siebente, weiteres staunen war
zu erkennen.
Erika sagte mir draußen im Vertrauen, dass Sie eher gedacht
hätte, dass ich das Siebente und meine Kollegin das Erste
hätte.
Es gab dort noch viele nette Kollegen*innen, Monika, Lenke,
Theresa und den Stationsleiter Tarek…
Am Ende meines ersten Praktikums schrieb mir Tarek eine
Beurteilung, die es tatsächlich in sich hatte. Er nahm sich

sogar die Zeit, handschriftlich fast eine ganze A4 Seite über
meine Leistung positiv zu berichten.
Persönlich sagte er mir, ich wäre ein männlicher Kollege, den
er in seinem Team akzeptieren würde und mich gerne nach
der Schule bewerben kann.
Ich freundete mich mit manchen aus der Belegschaft an und
habe mit der Praxisanleiterin und einigen anderen
Mitarbeitern bis heute Kontakt.
Ich hüpfte von Praktikum zu Praktikum und merkte sehr
schnell, dass es um mehr geht, als nur den Hintern
auswischen.
Wertschätzung, Menschlichkeit, Kommunikation und
Begleitung, Krankenbeobachtung, Mitwirkung beim
Pflegeassessment usw.

So manch eine Pflegeeinrichtung war aber dennoch eine
einzige Katastrophe und für mich der reinste Horror…
Erst war Frühstück und Medikamente eingeben und dann die
Waschrunde, leider meistens im Bett, da die Duschen nicht
barrierefrei in den Zimmern waren.
Wer hatte da den Bau geplant?
Danach wurden Bewohner in den Aufenthaltsraum gebracht,
wo sich stundenlang keiner um sie kümmerte, nur der
Fernseher unterhielt die alten Bewohner.
Das war echt nicht schön anzusehen.
Kaum wollte ich die Bewohner unterhalten, wurde ich
gerufen, ich möge mich bitte im Sozialraum kommen,
warum? Hm, nicht für mich nachvollziehbar, meistens zum
quatschen und Kaffee trinken.
Zu Mittag wurde Essen eingegeben und nachmittags ab 16
Uhr ging es wieder retour ins Bett.
Inkontinenzhose und Einlagen wurden gewechselt und gute
Nacht.
Dieses Praktikum dauerte ein gefühltes halbes Jahr, obwohl es
nur 4 Wochen waren.

Zwischendurch gab es wieder Theorieblöcke und einige
Prüfungen, die ich alle mit einem „Sehr gut" absolvierte, bis
auf eine.
Ich hatte in Rechtskunde die Frechheit zweimal meinen
Lehrer zu korrigieren, was ihm offensichtlich nicht sonderlich
gefiel.
Bei der Prüfung kam dann die Retourkutsche, trotz
einwandfreier Ausarbeitung von vier Seiten und lückenloser
Antwort der Frage, gab es ein glattes „gut".
Ja, so hatte ich einen einzigen Zweier in meinem Zeugnis und
ich war am Boden zerstört.
Nein, Scherz beiseite, es war mir eigentlich komplett egal, da
ich von allen Schülern bei weitem den besten
Notendurchschnitt hatte.
An ein weiteres schönes Praktikum kann ich mich ebenfalls
noch erinnern.
Tageszentrum in einem Krankenhaus in Wien Meidling.
Tanzen, die Klienten unterhalten, Bingo spielen, Fernsehen,
Geschichten erzählen, Puzzle spielen.
Kein Problem für meine kommunikative Ader.
Dabei lernte ich viele Lebensgeschichten kennen, welche
mich in vielerlei Hinsicht Reifer werden haben lassen.
Beim Bingo spielen, hatte ich die verantwortungsvolle
Aufgabe, sofern ein Diabetiker gewinnt, ihm ein zuckerfreies
Zuckerl zu überreichen, und dem nicht Zuckerkranken ein
Zuckerl mit Zucker.
Durfte ich auf keinen Fall verwechseln.
Es gab auch einen Nachteil, den ich euch nicht vorenthalten
möchte.
Von dem lauten heraus Gebrülle der Bingo-Zahlen, die
meisten Spieler*innen hörten schlecht, wurde meine Stimme
heißer und ich verspürte während der Zeit dort immer ein
leichtes Halskratzen.
Auch von dieser Praktikumstelle habe ich ein Stellenangebot
für nach der Ausbildung bekommen.

17.09.2012 (nur mehr 8 Jahre bis Corona)

Was macht eine Familie mit einer Tochter komplett? Genau
ein zweites Kind, um genau zu sein, einen Sohn.

Am 17.09.2012 erstaunlicherweise wieder ein Montag, kam
mein Sohn zur Welt.
Hier war es für mich einfacher sofort einen Bezug zu Ihm
aufzubauen, da es nach dieser Geburt keine Komplikationen
bei meiner Frau gegeben hat und ich ihn sofort in die Arme
nehmen konnte.
Das himmlische unbeschreibliche Gefühl konnte ich nun ein
zweites Mal erleben.
Ein wirklich wunderschönes Baby wurde geboren, aber sagt
das nicht jeder über sein eigenes Kind? War da nicht was?

Auch ein Name wurde im Vorfeld ausgewählt.
Robert Junior.

Viktoria hatte nun ihren Bruder und unsere Familie war
komplett.
Eine schrecklich nette Familie.
Vater, Mutter, Tochter, Sohn…
Ein weiterer wichtiger Termin reihte sich ein

17.09.2012
Ein Datum das sich zu den wichtigsten Daten in meinen
Leben einordnet.
19.09.1972
09.12.1974
18.12.2006
18.01.2010
17.09.2012

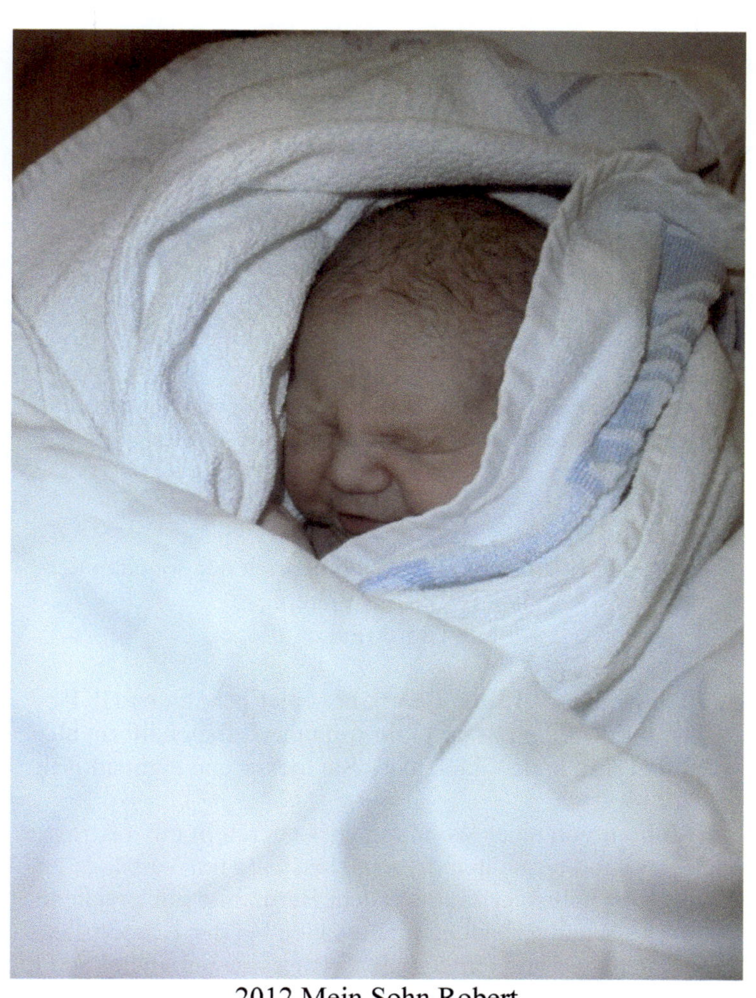

2012 Mein Sohn Robert

Unmittelbar nach der Geburt meines Sohnes, kam mein Wunschpraktikum, wohin soll ich gehen, was soll ich machen? Ja, natürlich wieder ab ins Spital der Orthopädie und alte Freunde besuchen.
Auf derselben Station durfte ich nicht Dienst machen und wurde daher wo anders eingeteilt und an meine geliebte Station der konservativen Schmerztherapie ausgeborgt.

Das Wiedersehen war eine wahre Freude und ich konnte gleich wieder voll loslegen und die Sonderklasse Patienten verwöhnen.

Es machte viel Spaß und ich bekam natürlich wieder eine ausgezeichnete Beurteilung, na-no-na-ned…

Das letzte Praktikum musste ich dann in der sogenannten HKP absolvieren.
Mobile Hauskrankenpflege.

Ich wurde im 13-ten Bezirk bei einer bekannten HKP Institution zugeteilt und fuhr mit einer Pflegehelferin als Schüler mit, hatte Glück, dass Sie locker und sympathisch war.
Wir fuhren von einer Wohnung zur anderen in mir vertrauter Gegend und besuchten diverse Haushalte um Verbände zu wechseln, selbstverständlich dem Berufsbild entsprechend einfache Wundverbände, die Personen bei der Körperpflege zu unterstützen und einfach nur Nachschau zu halten und hin und wieder ein Butterbrot zu streichen.

Auch dieses Praktikum konnte mit Auszeichnung abschließen.

Die kommissionelle Abschlussprüfung rückte näher und näher, das Lernen rund um die Uhr war angesagt.

Ich war gut vorbereitet, aber Viktoria machte mir ein Strich durch die Rechnung, sie wurde am Vortag krank, hatte sehr hohes Fieber und wir mussten mit ihr ins Kinderspital, wo wir bis 4 Uhr warten mussten und dann um ca. 5 Uhr früh nach Hause gekommen sind.
Um 8 Uhr begann die Schule und um 8:30 die kommissionelle Prüfung.
Ich war so fix und fertig vom wenig Schlaf, dass ich Emesis und Eupnoe gedanklich nicht unterscheiden konnte.
Die Müdigkeit war mir anzusehen und bevor ich die beiden Fragen ziehen musste, wurde ich von der Prüfungsvorsitzenden gefragt, ob es mir gut geht, ja nur müde konterte ich und erzählte, was passiert war.
Sie sagte: „Sie können auch gerne ein anderes Mal antreten, wenn Sie möchten, wenn nicht, wünsche ich Ihnen aber auf jeden Fall viel Glück".

Ich entschied mich zwei Fragen zu ziehen und hatte wirklich sehr großes Glück, oder war es gar Hilfe von Oben.

Ich zog den Hautturgor-Test und Pulsmessung.

Doppelter Jackpot und einfachste Pflegemathematik.
So schaffte ich auch die Abschlussprüfung, hatte eine Zeugnis, welches sich sehen lassen konnte und nebenbei meine Berufsberechtigung, als Pflegehelfer.

2013 Der Einstig ins Berufsleben als Pfleger

Von nun an war ich stolz ausgebildeter Pflegehelfer, nur einer war noch stolzer als ich.
Mein Vater, er erzählte jedem von meinen Erfolg und stellte meine Berufsberechtigung mit der eines Arztes gleich.
Nun hatte ich ja bekannterweise einige Angebote aus meiner Praktikumszeit, wo ich tatsächlich auch Bewerbungen abgab, jedoch es leider recht lange dauerte, bis Antwort in den Postkasten flatterte.
So hatte meine geliebte Ehefrau die geniale Idee, ich möge mich auch bei ihr im Krankenhaus bewerben.
Gesagt, getan.
Hier ging es dann recht flott, kurze Zeit später ein Anruf und ein Vorstellungstermin in der Direktion.
Nervös bis zum geht nicht mehr, obwohl meiner Kompetenzen und Qualitäten als Pflegekraft bewusst, marschierte ich in die Direktion und kündigte der Sekretärin mein Dasein an.
Ca. 30 Minuten später war es dann so weit, ein freundliches kurzes Vorstellungsgespräch „gefühlte 2 Minuten" und nach einer kurzen Durchsicht meiner Bewerbungsunterlagen sagte sie freundlich zu mir „ich möge bitte so zuverlässig sein und arbeiten wie meine Frau".
Aha, sie haben sich vorweg doch informiert und auch gemerkt, dass meine Frau hier seit längeren arbeitet, sehr fleißig ist und trotz Kinder kaum Fehlzeiten durch Krankenstand oder Pflegeurlaub hat.
Von meinen Lippen kam ein leises „selbstverständlich".
Die Direktorin nahm daraufhin das Telefon in die Hand und rief so wie mir später erst klar wurde, die Oberschwester der Kardiologie an und vermeldete, dass Sie hier einen „Topmotivierten" Mann sitzen hat, welchen sie gleich rüberschicken wird.
Hallo was Bitte? Ich bin hier, weil meine Frau wollte, dass ich mich hier bewerbe und weil dort, wo ich eigentlich arbeiten

wollte, zu langsam auf meine Bewerbungen reagiert wurde,
von wegen „Top motiviert"…
Nach einer kurzen Erklärung, wie ich zum besagten Pavillon
der Kardiologie komme, machte ich mich schnurstracks auf
den Weg und wurde auf den großen Areal schnell fündig.
Mit dem Lift, mehr nervös, als noch beim
Vorstellungsgespräch vorhin in der Direktion, machte ich
mich auf den Weg in den fünften Stock.
Die Aufzugtür ging auf und schon sah ich die ersten
Menschen, vermutlich Patienten oder Angehörige und gleich
rechts ums Eck befand sich der so genannte Stützpunkt.
Noch schnell einmal durchatmen, aufrechte Körperhaltung
annehmen, Brust raus und rein in den Stützpunkt.
„Hallo mein Name ist Robert Vollmann, ich bin der neue
Pflegehelfer und soll mich hier melden."
Eine nette Schwester begrüßte mich und stellte sich als
„Maria" vor und brachte mich zur Stationsleitung, welche
sich auch gleich vorstellte als „Schwester „F", eine sehr
streng wirkende ältere Dame, quasi ein Urgestein.
Andere Kollegen*innen auf dem Stützpunkt schenkten mir
kaum Beachtung, da der Stresslevel doch recht hoch war und
sie vermutlich auch davon ausgegangen sind, dass ich ein
Angehöriger eines Patienten oder einer Patientin bin,
schließlich trug ich keine Uniform.
„Schwester „F" sagte mir, ich möge bitte erst in den zweiten
Stock zur Oberschwester gehen und erklärte mir kurz den
Weg.
Also, wieder retour in den Lift und ab in den zweiten Stock
und schnell auf die Suche nach dem Zimmer der
Oberschwester.
Angelangt klopfte ich zweimal an die Türe, ein ja, bitte war
zu hören, ich trat ein und eine attraktive Business Lady mit
weißem Kittel stellte sich als Oberschwester „G" vor.
Es war ein angenehm verlaufendes Gespräch und wir
vereinbarten einen Probearbeitstag zum kommenden
Wochenbeginn.

Das Wochenende davor konnte ich natürlich kaum genießen vor lauter Gedanken, wie es den auf der neuen Arbeitsstelle sein wird.
Wie sind die Kollegen*innen? Was ist dort zu tun?
Kardiologie war mir zu diesem Zeitpunkt noch ganz fremd.
Gut, ich wusste aus der Pflegeschule natürlich über die Anatomie des Herzens Bescheid, kleiner Kreislauf, großer Kreislauf, Vorhof links und rechts, ebenso wie Kammer und auch die Klappen waren mir nicht unbekannt.
Auch Herzkrankheiten wie KHK, Herzinsuffizienz, Myokardinfarkt waren Bestandteil des Unterrichts.
Bin ich mit dem vorhanden Wissen gut vorbereitet oder nicht?
Der Montag rückte näher und ich war ziemlich angeschlagen wegen des geringen Schlafes in der Nacht davor, zu viele Gedanken hielten mich von einem ruhenden Schlaf ab…
Egal, dachte ich, schnell einen Kaffee, ein wenig Essen und ab ins Auto.
10 Minuten später war ich schon beim Eingang und machte mich direkt auf den Weg zur Kardiologie in den fünften Stock.
Dieses Mal ging mein Auftritt nicht so leicht unterm wie beim ersten Mal, da ich erstens eine weiße Berufskleidung, die ich mir noch zur Schulzeit besorgt hatte trug und es deutlich ruhiger war als beim letzten Mal.
Alle Augen waren auf mich und ich stellte mich bei jeden vor.
Eine Maria, blond und etwas älter, noch eine Maria sehr jung, eine Sonja und ein Stationsleiter Stellvertreter „G".
Die junge philippinische Schwester wurde mir an den Tag als Mentorin zugeteilt, um mir alles auf der Station zu zeigen.
Maria nahm sich sehr viel Zeit für mich, zeigte mir die komplette Station mit 22 Betten.
Ich wusste schon nach kurzer Zeit, wo sich Pflegewagen, Pflegeutensilien, Wäsche, Verbandsmaterial und der natürlich der heilige Sozialraum für die Schwestern befand. Der Sozialraum war ziemlich klein, gehalten mit einer Eckbank

und 3 Sessel, Eiskasten und kleine Küche mit Geschirrspüler waren aber für die kleine Pause mehr als ausreichend.
Die Patientenzimmer allerdings überraschten mich ein wenig, es gab drei Zweibettzimmer, zwei Einzelzimmer und zwei 7 Bett Zimmer.
Na bum, kannte ich eigentlich nur aus alten Filmen…
Man muss sich vorstellen im Jahre 2013 sieben Bett Zimmer, eines für Männer eines für Frauen.
In meiner Praktikumszeit gab es maximal nur Einzel und Dreibettzimmer
Des Weiteren zeigte sie mir EKG, Notfallwagen, Absauggerät, Überwachungsmonitore und den Stützpunkt genauer.
Während der ganzen Rundreise auf der Station, kamen Maria und ich ein wenig ins Gespräch und es stellte sich heraus, dass Maria eine DGKS mit BSc Abschluss ist.
Nicht schlecht, ich war beeindruckt, so jung und schon DGKS und einen akademischen Titel hat sie auch noch.
Die Zeit verging schnell, es wurde Mittag und die Stationsleitung Schwester „F" und dessen Stellvertretung baten mich auf ein Gespräch in den Sozialraum.
Dort wurde ich dann gefragt, welchen Eindruck ich gewonnen habe und ob ich mir vorstellen könnte hier zu arbeiten.
Ja, natürlich, es ist eine Herausforderung, der ich mich gerne stelle, aber bitte ich brauch unbedingt eine Schulung für die Überwachungsmonitore, hatte nie damit Kontakt und Angst, was falsch zu machen.
Diese Ehrlichkeit kam bei der Stationsleitung für mich sichtbar gut an.
Eine Frage musste nur noch geklärt werden.
Können sie sich vorstellen auf der anderen Seite von Wien zu arbeiten in einem Krankenhaus, das sich in Planung befindet?
Ja, kann ich mir vorstellen.
Handschlag und die Sache wurden besiegelt.
Schnell ins Direktionsgebäude und Termin für die Vertragsunterzeichnung vereinbart.

2013 Vertrag unterzeichnet Stolz in der Uniform

Ab ins Auto und nach Hause zu Frau und Kindern.
Zu Hause erzähle ich meiner Frau von meinen Erlebnissen,
unter Tags spielte mit Viktoria in ihrem stark rosa gehaltenen
Kinderzimmer. Sie hatte so ein kleines Radio von Fisher-
Price, welches immer ‚wenn man auf einen der leuchtenden
Knöpfe drückte oder eine der bunten Plastik-CDs oben
reinsteckte, „Häschen in der Grube" , „Die klitzekleine
Spinne" oder „Alle meine Entchen" spielte.
Ganz klar eines ihrer Lieblingsspielzeuge zum damaligen
Zeitpunkt.

Natürlich, wollte auch mein kleiner Sohn, Robert Junior
unterhalten werden und er hat eine elektronische
Babyschaukel mit Musik und Mobile bekommen.
Schließlich will der Kleine auch in den Schlaf geschaukelt
werden.
Allerdings erfüllte die Schaukel nicht denselben Effekt wie
von Mama oder Papa im Arm geschaukelt zu werden, und war
somit eine klare und leider auch nicht ganz billige
Fehlinvestition.
Ein klarer Fall für einen weiteren Artikel auf Willhaben.
So gab es nur 2 Möglichkeiten, entweder von Mama oder
Papa getragen zu werden oder seinen Lieblingsplatz die
Krabbeldecke mit biegsamen Spielbogen, mit süßen Tieren
behangen.
Dort konnte er Stundenlang liegen und sich beschäftigen und
bedankte sich sobald man sich ihm näherte mit einem
Lächeln.

Ich erinnere mich nur sehr wenig an meinen ersten Dienst, da
ich erstens mal alle Formalitäten erledigen musste,
Direktionsgebäude zur Vertragsunterzeichnung,
Kleidungsdepot zum Anprobieren und Ausfassen der
Uniform, Gewerkschaft, Schulungen usw.
So verbrachte ich bis 15:00 also bis Dienstschluss nicht mal
30 Minuten auf meiner neuen Station.

Müde von der vielen Herumlauferei und der Flut an Information, war ich dann froh die Uniform in meinen mir vorhin zugewiesenen Spind hineinzuhängen und den Dienst zu beenden.
Erstaunlicherweise zogen sich in der Garderobe, die sich direkt im Stock befand, Mann und Frau um, ohne Sichtschutz oder Zwischenwand.

Anfangs war ich zugegeben, wegen meiner Unsicherheit lieber in den Schulungen, als direkt auf der Station.
Nach einer Woche, waren die Formalitäten und Einschulungen erledigt und mein erster wirklicher Dienst stand kurz bevor.

Der erste „echte" Dienst brachte so manche Überraschung.

06:30 ich komme im Areal an, steige aus meinem Auto aus und wieder mal mit den Aufzug rauf in den fünften Stock, schnell am Stützpunkt mit einem guten Morgen auf den Lippen vorbeigehuscht, begrüßten mich auch gleich die ersten zwei Patienten von deren Gangbetten aus.
Der Mythos Gangbetten war mir bis dahin nur aus diversen Medien bekannt und siehe da, es gibt ihn wirklich.
Schnell umgezogen und rein in die mit Stolz getragene Uniform ab in den Sozialraum auf einen bereits vom Nachtdienst vorbereiteten und gut duftenden Kaffee.
Der Duft war leider trügerisch und der Kaffee schmeckte nicht annähernd so gut, wie es der Geruch erwarten ließ, aber es war dennoch der dringend benötigte Koffeinschub am Morgen um meinen Motor in Gang zu bringen.
Anfangs noch alleine den Kaffee genießend, kamen immer mehr Kolleginnen vom Tagdienst hinzu.
Später auch die Stationsleitung und deren Stellvertreter.
Jeder wirkte zwar ein wenig müde, aber dennoch gut gelaunt.

Dienstübergabe, Zimmer 1-Patient sowieso kommt wegen Angiographie und ist vorbereitet.
Zimmer 2, erstes Bett links Patientin hat Beinödeme und wird entwässert, Zimmer 2, zweites Bett links, Patientin kommt wegen Verschlechterung des Allgemeinzustandes und ist eine komplette Übernahme. Zimmer 2, drittes Bett links hängt am Monitor und wartet auf Schrittmacher OP, Zimmer 2 - Bett beim Fenster hat Telemetrie. Und so ging das immer weiter, bis wir mit allen Patienten*innen in dem Zimmer durch wahren.
Fehlten noch die zwei sogenannten 99-er Gangbetten, die in der Nacht aufgenommen wurden und heute nach Entlassung zweier Patienten in die Zimmer verlegt werden.

Es fielen viele Wörter wie PCI, PTCA, AND, DNR, M3/P3,
M1/P1
Wörter, die mir bis Dato völlig unbekannt waren.

Wenige Minuten später ging es schon los, wir waren zu viert,
3 Schwestern und meine Wenigkeit.
Ich wurde gebeten mit einer Kollegin mitzugehen, um den
Tagesablauf auf der Station besser kennenzulernen, um
schnell auf unter Anführungszeichen eigenverantwortliche
Beine zu kommen.
Wie sich herausstellte, war ich genau der Ersatz für diese
Kollegin, Pflegehelferin „S", die am Ende des Monats
versetzt werden sollte.
Sie erzählte mir mehr Anfangs von Kollegen*innen und was
ich bei wem, zu beachten habe.
Da waren ja laut Erzählungen einige besondere Damen tätig,
dachte ich mir.
Genug der vielen Erzählungen, wollte ich nun Wissen, für
was die Abkürzungen stehen, DNR , M1/P1, M3/P3 und
fragte höflich nach.

DNR Steht für „Do not Reanimate" also wenn der Patient*in
einen Herzinfarkt erleidet, wird nicht reanimiert, sondern nur
der Arzt verständigt.
M1/P1 war eine Bezeichnung für eine komplett selbständige
Patientin oder Patienten, die keine Hilfe durch eine
Pflegeperson benötigt.
M3/P3 hingegen war eine komplette Übernahme durch eine
Pflegeperson, schlechter Allgemeinzustand, Dauerkatheter,
bettlägerig etc.
Schnell notierte ich die Informationen in mein Gehirn um
2,99.- welches 13x9x1.5 cm groß war, mein heiliges
Notizbuch, welches mir von diesem Tag an treu zur Seite
steht und mein größter Verbündeter in Sachen Kompetenz und
Fehlervermeidung ist.

Da es aber nicht nur beim Reden bleiben konnte, ging es auch gleich ab zur Körperpflege eines M3/P3 Patienten, der von einem Pflegeheim nach Verschlechterung seines Allgemeinzustandes vor 3 Tagen aufgenommen wurde.
Gut vorbereitet, so dachte ich zumindest, Waschschüssel, Handtuch, Waschlappen frisches Nachthemd, Inkontinenzhose stellte ich mich beim Patienten vor und teilte ihm mit, dass ich ihn nun gerne im Bett waschen möchte.
Der Patient begrüßte mich leise und willigte ein.
Schon beim Ausziehen des Nachthemdes hatte ich das Gefühl, dass irgendwas nicht stimmt, wusste aber noch nicht genau was.
Erst beim Waschen des Gesichtes und Spüren eines Ziehens in meinem Rücken wurde mir klar, dass ich das Bett nicht hochgestellt habe und nicht so arbeite, wie ich es ein Jahr lang gelernt hatte, nämlich kinästhetisch.
Dies alles unter genauer Beobachtung meiner Kollegin die sich im selben Zimmer um einen anderen Patienten kümmerte.
Egal, dachte ich, besser spät, als gar nicht auf eigene Fehler reagieren.
Die Körperpflege ging ohne weitere Probleme von statten und dauerte gute 30 Minuten, gute Pflege braucht nun mal Zeit.
Während ich eine andere Patientin ohne Aufsicht „schließlich bin ich ausgebildeter Pfleger" im Zweibettzimmer bei der Körperpflege mit Rückenwäsche und Anleitung unterstützte, produzierte meine Kollegin Schwester „S" einen kleinen Notfall.
Nach Beendigung der Unterstützung bei Körperpflege, wollte ich in den Sozialraum um etwas zu trinken und sah auf den Weg dorthin, wie zwei meiner weiteren im Dienst befindlichen Kolleginnen schnell in ein Zimmer liefen.
Rudeltier, wie ich nun mal bin, ging ich ebenfalls in das Zimmer und sah wie Schwester „S" kniend am Boden sitzt mit einem Patienten im Arm, der vorhin noch an einer

Monitorüberwachung gehangen hat, welcher Herzfrequenz, Rhythmus und Blutdruck überwacht.

Was war passiert? Meine Kollegin Schwester „S" nahm den Patienten ohne Rücksprache einfach von der Monitorüberwachung, um ihn beim Waschbecken waschen zu können.
Fehler, Riesenfehler um genau zu sein, da der Patient nach 2 Schritten zusammengebrochen ist und nun da lag von meiner Kollegin gestützt, welche ein hohes Stressverhalten und Unruhe zeigten.
Gemeinsam, schließlich waren wir nach kurzer Zeit zu fünft, da auch der Stationsleiter Stellvertreter auf die Lage aufmerksam wurde, brachten wir den Patienten wieder ins Bett und hängten ihn am Monitor an.
Ich beobachtete den Vorgang genau und saugte alle Informationen wie ein Schwamm auf, während meine Kollegin Schwester „S" schweißgebadet mittlerweile das Zimmer verlassen hat.
Meine beiden anderen Kolleginnen schüttelten den Kopf und begaben sich mit mir gemeinsam in den Stützpunkt um bereit getane Arbeit zu dokumentieren.
Während sie dokumentierten, sprachen Sie über das Vorgehen meiner verschwundenen Kollegin und mir wurde im Minutentakt klar, warum sie versetzt werden sollte.
Sie war, was ich raus hören konnte eine sehr gute Pflegerin, was Körperpflege anbelangt aber machte sonst Fehler und war nicht Stressresistent und musste nach jedem Notfall duschen.
Und wie sich herausstellte, musste sie Aufgrund des Stresses mehrmals Duschen, so wie nach diesem Vorfall, wie eben auch.

Nach dem die Kollegin aus dem vierten Stock vom Duschen zurückkehrte, ging es gleich weiter mit den bereits zur Aufnahme gekommenen Patienten.

Alle geplanten Aufnahmen kamen natürlich zur selben Zeit und wollten unmittelbar nach dem Aufnahmegespräch in die Zimmer, was leider nicht möglich war, da die anderen Patienten erst entlassen werden mussten, um freie Betten zu bekommen.
Warum es nicht so organisiert werden konnte, dass die geplanten Aufnahmen zeitverzögert kommen, ist mir bis heute ein Rätsel.
So entstand natürlich ein gewisser Stress und so mancher Patient, der ein wenig was in eine private Krankenversicherung Versicherung einbezahlt hat, sah sich in seiner Ehre verletzt und sah das Warten nicht ein.
Dafür musste man natürlich Verständnis aufbringen, schließlich dreht sich der Planet ja nur um ihn und seine monatlichen Zahlungen.
Zwischenzeitlich kamen dann auch noch Notfälle natürlich ungeplant zur Aufnahme, die Ärzte schwitzten beim Schreiben der Entlassungsbriefe und die Pflege kam mit Austeilen der Entlassungsbriefe kaum mehr nach.
Patienten, die mit dem Krankentransport nach Hause oder wieder zurück in deren Pflegeeinrichtung gebracht werden mussten, brauchten auch Hilfe beim Einpacken ihres Hab und Guts.
Und schon war es Mittag, Essen kam im Essenswagen nach guten alten Schöpfsystem und meinen Augen kaum glaubend, sah ich, wie sich eine Kollegin, ihres Zeichen Diplomierte Gesundheits- und Krankenschwester, die Schürze anlegte und Essen austeilte.
Die ersten operativen Eingriffe kamen auch zurück auf die Station, pünktlich während der Essenausteilung.
Jeder wollte alles gleich und sofort haben.
Solche Dinge wurden uns in der Pflegeschule nicht gelernt und kommuniziert.
Da fang ich zu zweifeln an, und fragte mich, verdammt noch mal, was mache ich hier eigentlich, will ich das?

Irgendwie schafften wir es, alles unter Kontrolle zu
bekommen, alle Gangbetten wurden in die Zimmer verlegt.
Allen Aufnahmen konnte ein Bett zugewiesen werden, auch
jenen, welche ein wenig was privat zahlten.
Keiner musste verhungern und alle geplanten Eingriffe
wurden durchgeführt.
Wie wir das alles geschafft haben? Natürlich mit keiner
Pause, Hauptsache die Patienten waren versorgt.
18:30 Dienstende, endlich ein Schluck Wasser, ein langer
Weg zur Toilette und ab nach Hause.
Zu meinem Glück, hatte ich am nächsten Tag gleich wieder
Dienst.
Alles begann, wie am Vortag mit durchschnittlich
schmeckenden Kaffee und Dienstübergabe und 2 neuen
Kolleginnen die mir bis Dato nicht bekannt waren.
Schwester „P", Schwester „H"…
Es war an diesem Tag etwas gemütlicher, weniger M3/P3
Patienten, was für die Pflege weniger waschen bedeutet.
Allerdings, war ich an diesem Tag für die Bilanzierungen
sogenannte Trinkprotokolle zuständig und musste daher
nachsehen, dass die bilanzierten Patienten ausreichend
trinken.
An diesem Tag kam es zu einen Zwischenfall, der mich knapp
Richtung Handtuchwurf brachte.
Ein Patient erlitt während ich ihn nach seiner Trinkmenge
fragte einen Herzinfarkt, vor 5 Sekunden noch normal mit mir
sprechend, fing er erst plötzlich am ganzen Körper zu zittern
an, verdrehte die Augen und krampfte.
Ich erkannte zwar den Ernst der Lage, war aber mit der
Situation völlig überfordert. Verunsichert mit einer
geschätztem Herzfrequenz von mindestens 200, lief ich auf
den Gang um nach meinen Kollegen*innen zu rufen.
Diese hörten meinen Hilferuf und eilten sofort herbei, eine
drückte mehrere Tasten bei den Anwesenheitstastenfeld im
Zimmer und plötzlich war ein hektischer greller Ton zu hören
„Herzalarm".

Dieser klang ganz anders, er klang nach Notfall…
Jetzt ging alles blitzschnell, eine Kollegin fing mit der
Herzdruckmassage an, eine andere holte den Notfallwagen
und die Stationsleitungsvertretung das EKG.
Wenige Sekunden später kam auch schon das Notfallteam und
Ärzte fluteten das Zimmer.
Ich war bemüht nicht im Weg zu stehen und saugte alle
Beobachtungen auf.
Beeindruckt und überfordert zugleich, wollte ich nach diesem
Erlebnis meiner kurzen Laufbahn dort ein Ende setzen.
Auf solche Momente kann dich keine Schule der Welt
vorbereiten, oder doch?
Der restliche Tagesablauf war eher ruhig und so hatte auch
dieser Dienst mal sein wohlverdientes Ende und ich endlich
wieder mal 2 Tage frei.
2 Tage, die ich mit meiner geliebten Familie mit einem
kleinen Ausflug ins Grüne verbrachte.
Schließlich muss man das Erlebte auch gut verarbeiten.
Der nächste Dienst stand ins Haus und eher weniger motiviert
machte ich mich auf den Weg Richtung Arbeitsstelle.
Alles sollte so beginnen, wie die Tage zuvor, aber nein.
Der Kaffee duftete anders und hatte einen deutlich besseren
Geschmack, was den Start in den Dienst erheblich
erleichterte.
Ich würde diesen Tag als philippinischen Tag bezeichnen, die
Kollegin vom Nachtdienst Schwester „V" kam von den
Philippinen, ebenso wie die neue Schwester „P" und
Schwester „H".
Alle waren nett, akzeptierten mich sofort und Schwester „P"
wurde von diesem Tag an meine Mentorin.
Sie bemerkte sehr schnell meine Genauigkeit beim Arbeiten,
ich wischte die Patiententische nach deren Pflege ab,
desinfizierte, die Waschbecken nachdem ich einen Patienten
dort gewaschen hatte, hängte die Patientenglocke in deren
Reichweite, füllte die Trinkgläser nach und ließ mich auf

kurze Gespräche mit den Patienten ein, teilweise auch
sogenannte Entlastungsgespräche.
Eigentlich alles Dinge, die für einen Pfleger
selbstverständlich sein sollten.
Auch entging ihr mein gewissenhaftes Arbeiten und mein
Fleiß nicht.
Alles wurde von mir erst abgefragt und ich holte mir sofern
etwas unklar war immer Informationen von der
diensthabenden diplomierten Gesundheits- und
Krankenschwester ein.
Meine kommunikativen Fähigkeiten brauche ich an dieser
Stelle ja wohl nicht mehr erwähnen.
Oberärzte, Ärzte und Oberpflegerin sowie Stationsschwester
„F" sprach ich mit Sie an, alle anderen mit Du.
Was mir zu diesen Zeit nicht bewusst war, ist, dass Schwester
„P" und Schwester „H" ordentlich was zum Mitreden und
Mitbestimmen auf der Station hatten, und so wurden alle
Informationen an Stationsschwester „F" weitergeleitet.
Ich bemerkte, dass die Stationsschwester gut mit mir konnte
und hörte von ihr so Dinge wie „endlich haben wir auch mal
Glück" oder „Wir haben Eisen gegen Gold getauscht". Damir
war ganz klar ich gemeint.
Diese Sätze gingen runter wie Butter.
Das war echt was, da man bei der Stationsschwester laut den
Kollegen sehr schwer solche Worte herausbekommt.

Es gab aber auch wieder ein wenig Erschütterung in den
ersten Wochen.
Einer ganz lieben 92-jährigen Patientin, welche bereits 3
Wochen bei uns war, ging es plötzlich sehr schlecht.
Zwar bettlägerig, aber immer kommunikativ und ein Lächeln
im Gesicht, habe ich diese Frau liebgewonnen.
Sie erinnerte mich ein wenig an meine verstorbene
Großmutter mütterlicherseits.

Dieser Tag sollte ihr letzter sein.

Sie wurde zusehend schwächer und ich schaute immer wieder
nach ihr.
Beim letzten Nachsehen, spürte ich schon, dass dies unsere
letzte Begegnung sein könnte.

Ich befeuchtete ihre Lippen mit Pflegeöl, hielt ihre Hand,
streichelte sie über den Kopf, hörte die letzten Atemzüge und
sagte ihr noch mit Tränen in den Augen leise ins Ohr „Alles
wird gut".
Der letzte Atemzug, es war vorbei, ich fing an zu weinen und
gab ihr einen Kuss auf die Stirn.
Dann öffnete ich das Fenster, um den Weg frei zu machen.
Ich brauchte gut 5 Minuten, bis ich mich wieder fassen
konnte.
Zum Glück wurde ich nicht von den Kollegin*innen gestört
und war alleine im Zimmer.

Mein erster Exitus!

Nachdem, ich mich gefasst habe, ging ich vor zum Stützpunkt
und informierte meine Kollegen, welche ein EKG schrieben
und den Arzt informierten.
Nulllinie und Arzt stellte den Tod fest.
Mein Kollege, Diplompfleger „Wolfgang", dürfte aber
bemerkt haben, dass es mir nicht so gut mit dem Ableben der
Patientin ging und erklärte sich bereit die weitere Versorgung
zu übernehmen.
Dies war eigentlich auch Aufgabe der Pflegehelfer*innen
Dies rechne ich ihm bis heute noch hoch an.
Dieses Erlebnis brachte mich auch wieder am Rande der
Kündigung.
Binnen 3 Wochen, Reanimation, Exitus und ewiger Stress
nichts falsch zu machen, regten mich in den nächsten Tagen
sehr zum Nachdenken an.

Nach 4 Wochen auf der Kardiologie, kam nun endlich das
lang erwartete
Schreiben von der Stelle, wo ich eigentlich nach der Schule
meinen Dienst versehen wollte.

Dies wäre der perfekte Zeitpunkt gewesen, von der
Kardiologie zu flüchten und einen ruhigeren Arbeitsalltag zu
begehen.
Allerdings, waren in den letzten 4 Wochen alle, und ich meine
wirklich alle so bemüht, mir Geräte und Prozedere zu zeigen.
Ich hatte das Gefühl ich gehöre hier her.
So, entschied ich mich trotz nicht ganz einfacher Umstände
auf der Station zu bleiben.

Ok, es gab da zwei Kolleginnen, die es mir nicht gerade leicht
machten, eine vor der alle Angst hatten und eine Zweitere, die
ewig junggebliebene Blonde mit 28 Jahren, obwohl bereits
weit der 50 vorangeschritten.
Es stellte sich aber heraus, dass die ewig junggebliebene
generell mit allen neuen Mitarbeiter*innen Probleme hatte
und von da an ging sie mir somit an der, eh schon wissen,
sacralgelegenen Stelle vorbei.

Die andere nennen wir sie mal Schwester „X", konnte einfach
nichts mit ihrem Leben anfangen und schrie einfach nur
herum, Mitarbeiter, Vorgesetzte, Patienten, jeder bekam sein
Fett ab, immerhin machte sie da keine Unterschiede.
Dies war jedem bekannt und keiner war in diesem „ich nenne
ihn mal Verein" Manns genug ein Machtwort zu sprechen und
es kam immer nur zu bla-bla Gesprächen mit der
Stationsleitung „schwer bewaffnet mit Zigarette" auf der
Terrasse, die dann im Sand verlaufen sind.
Allerdings dürften Schwester „X" diverse Dinge zu Kopf
gestiegen sein und sie geriet an die Falschen.

Beschwerden häuften sich, von Kollegen*innen ebenso, von
Patienten, die ein wenig was zuzahlen und so kam, was
kommen musste.
Die Stationsleitung, Schwester „F" ging in ihre wohlverdiente
Pension und Stellvertreter „G" übernahm das Zepter.
Somit war kein Schutz mehr geboten und die schützende
Hand hat abgedankt.

Die Königin ist weg, hoch lebe der neue König.

Stationsleiter „G", not amused von den ewigen Geschichten
der Schwester „X", ergriff keine Partei für Selbige, sondern
veränderte die Rahmenbedingungen so massiv, dass diese
selbst das Weite suchte.
Was folgte, war „sehr langer Krankenstand" und das Ende
ihrer, na sagen wir mal Karriere.

Ja, genau hier gehöre ich hin und deswegen lehnte ich das
Stellenangebot dankend ab.

Der neugeborene König konnte Anfangs nicht so wirklich mit
seiner „neu gewonnener Macht" umgehen und musste so
manches langsam, aber sicher erlernen.
Umerziehungsmaßnahmen seitens der Mitarbeiter zeigten nur
langsam Erfolge.
So kam es eines Tages zu einer folgenschweren
Auseinandersetzung, die unsere Beziehung nachträglich
veränderte.

2014

Gemeinsam am Tisch im Sozialraum sitzend, kam wieder mal
ein Anruf aufs Diensthandy und die nächste Krankmeldung
einer Mitarbeiterin schallte in sein Ohr.
Schnell den Dienstplan zu Handnehmend, fragte er die neben
mir sitzende Kollegin Schwester „D", ob sie dieses
Wochenende Dienst machen könne, diese verneinte da sie auf
einen ‚Festl' am Lande für ihren Freund Ausschenken und
Kellnerieren müsste.
Die andere Kollegin „Schwester „M" ihres Zeichen
Hobbypflegerin mit 20 Wochenstunden und 12 Tage in einem
Stück frei, fragte er erstaunlicherweise nicht.
Weiter im Dienstplan suchend kam er „wie überraschend auf
mich".
Allerdings war hier nicht die Frage, ob ich kann, sondern
wurde mir mit Zepter Aufschlag mitgeteilt, ich muss am
Wochenende kommen, da er sonst Keinen hat.
Ich erklärte ihm „müssen" tue ich gar nichts und außerdem,
habe meine Frau Dienst „im selben Verein auf anderer
Station" und ich habe niemand der meine Kinder betreuen
kann.
Er drohte mir mit einer Dienstanordnung und wenn ich dieser
nicht nachkomme, drohe die Kündigung.
Meine Temperatur stieg auf gefühlte 40 Grad an und verließ
den Sozialraum mit den Worten „Sicher nicht", was soll das,
dachte ich, die eine geht kellnern, die andere 12 Tage im
Stück frei und ich, der keine Kinderbetreuung hat, soll das
letzte Mittel sein und bekomme eine Dienstanordnung.
Wütend rief ich sofort Personalstelle und Gewerkschaft an
und erzählte von meinem Problem.
Selbstverständlich wiege die Aufsichtspflicht Minderjähriger
höher, als die Dienstpflicht.
Mit diesen Informationen in der Tasche rief ich sofort die
„attraktive Business Lady mit weißen Kittel" an und bat um
sofortigen Termin, bevor ich explodiere.

Es dauerte keine 5 Minuten und ich konnte mich auf den Weg
in das Oberschwester Zimmer machen und meine Sicht der
Dinge darstellen.
Um Transparenz zu schaffen, holte sie den Stationsleiter auch
hinzu und schnell merkte ich, in welche Richtung das laufen
sollte.
Er, der König stellte alles anders hin, habe er so nie gesagt
usw. und sie die Business Lady perfekt für solche Gespräche
geschult und vorbereitet, wollten die Sache herunterspielen.
Nach gefühlt einer Stunde warmen Luft seitens der Business
Lady und daraus neu entstandener Föhnfrisur bei mir, gab mir
der Stationsleiter die Hand und meinte, sind wir wieder gut.
Ich gab ihm die Hand, wurde mir schließlich so von meinem
Vater gelernt, der, der dir die Hand reicht, dessen Hand darfst
du nicht abschlagen.

Ich war aber mit dem Ausgang des Gesprächs und der neu
gewonnenen Föhnfrisur nicht einverstanden und merkte, dass
hier der König in Schutz genommen werden sollte.
Kurzerhand rief ich die Direktion an, bat um einen Termin.

Diesen habe ich dann auch wenig später erhalten und
schilderte die Vorkommnisse.
Die Direktorin war sofort auf meiner Seite und erklärte, dass
Dienstanweisungen für solche Fälle nicht gedacht sind und zu
keiner Relation stehen, wenn andere Kollegen 12 Tage frei
haben oder beim Ausschenken helfen in der Freizeit.
Ich bat um Versetzung und sie sicherte mir Hilfe zu.

Dann kam natürlich, was kommen musste.
Der König musste zum Rapport antanzen und dürfte
ordentlich Fett abbekommen haben, zwar so viel, dass wir
wirklich trotz gemeinsamer Dienste 1 Jahr nicht miteinander
geredet haben.

Andere Kollegen, signalisierten mir, dass dies sehr gut
gewesen ist, da er nicht mit uns machen kann, was er will.
Ich hatte plötzlich sehr starke Anerkennung auch durch die
ewig junggebliebene 28- jährige Blonde.
Pfleger „Wolfgang", auch immer gegen Windmühlen
kämpfend, nahm diese Entwicklung positiv zur Kenntnis.
Irgendwie habe ich von diesem Tag an sehr viel Zuspruch und
Respekt von den Mitarbeitern erfahren.
Dieses 1 Jahr nicht miteinander reden, wurde mir aber mit der
Zeit zu anstrengend und ich hatte schon Magenschmerzen,
wenn ich nur an ihn dachte.
Die Oberschwester bemerkte offensichtlich mein
Unwohlbehagen und verwickelte mich am Gang in ein kurzes
Gespräch.
Ich erzählte ihr, dass ich mich sehr unwohl hier fühle
bezüglich des Königs und ich einfach nicht mehr kann mit
ihm und meine Gesundheit und Motivation hier zu arbeiten
darunter leidet.
Sie fragte mich kurzerhand, ob es nicht auch ein wenig an mir
liegt und ich vielleicht blockiere und gar nicht zulasse, dass
sich die Situation zwischen ihm und mir entspanne,
schließlich sind wir zwei Alphatiere und da müsse einer den
ersten Schritt machen.
Alphatier, wie ich nun mal bin, werde ich sicher nicht den
ersten Schritt machen, war mein erster Gedanke.
Der zweite Gedanke, was habe ich zu verlieren? Ist mir meine
Gesundheit nicht wichtiger?
Und so ließ ich immer mehr Kontakt zu, suchte das Gespräch
mit ihm, welches dann auch stattgefunden hat.
Es war ein gutes Gespräch aus dem 2 Sieger hervorgegangen
sind.
Von diesem Tag an wurde der Respekt beidseits
großgeschrieben und er wusste, er konnte sich auf mich
verlassen und ich auf ihn.
Eine Versetzung war somit hinfällig.

2014 Meine Familie

Zwischenzeitlich erfüllten wir uns als Familie einen Traum.

August 2015 schon seit gut 6 Monaten sind wir auf der Suche nach einem leistbaren Haus mit Garten.
Die Immobilien in Wien waren zu dieser Zeit nicht leistbar und fielen somit durch den Rost.
Pacht oder Superädifikate kamen für uns von Anfang an nicht in Frage.

So wollten wir im Umkreis von Wien sesshaft werden, maximal 30 Minuten entfernt von der Stadtgrenze.
Schließlich gehen Viktoria und Robert in Wien in den Betriebskinderkarten und unser Arbeitsplatz befindet sich ebenfalls dort.
Eines Tages, sah meine Frau ein Inserat im Immobilienteil von Willhaben.at und zeigte mir das Inserat.
Ein Haus mit Pool und Riesengarten nur 4 Kilometer von Ebreichsdorf entfernt.
Wir machten uns sofort auf den Weg, um das Haus mal vorweg von außen zu besichtigen.
Es war Liebe auf den ersten Blick, schönes Häuschen mit über 200 Quadratmeter Wohnfläche und über 1100 m² Garten, wunderschönen Garten mit einen 8x4 Meter großen Pool.
Wir wollten dieses Haus unbedingt haben, waren uns aber nicht sicher, ob wir einen Kredit in dieser Höhe bekommen würden.

Doch auch hier sollten wir Glück haben und die Maklerin des Hauses verwies uns an kompetente Berater, welche unsere komplette finanzielle Situation durchging.
Konto ordentlich im Plus, gutes Einkommen meiner Frau und mein Einkommen konnte sich auch sehen lassen.
Gegenüber standen, ein kleiner Kredit, günstige Genossenschaftswohnung und normale Ausgaben.

Somit bekamen wir den Kredit bewilligt und konnten uns
unseren Traum erfüllen.
Alles rief reibungslos ab und es kam schnell zur
Schlüsselübergabe.
Nach anfänglichen kleinerer Arbeiten im Haus, folgte als
erster die Poolüberdachung, weiters wurde der Garten
verschönert, das Dach und alle Fenster und Türen erneuert,
ebenso die Fassade wurde gedämmt und neu angemalt.
Dies verursachte massive Kosten, welche sich allerdings
gelohnt haben.
Dank meiner handwerklichen Fähigkeiten, die mir mein Vater
beibrachte, konnte ich bei der Renovierung sehr viel Geld
sparen und mit ihm gemeinsam einen schönen Spielplatz
aufbauen.

All unsere Freunde lieben unser Haus und manche bezeichnen
es sogar als Palast.
Hier will ich mit meiner Frau alt werden

Unser Traumhaus

Viele Notfälle und Reanimationen Später

Reanimationen, bei denen ich anfangs nervös war und einen
Puls von knapp 200 verspürt hatte, wurden zur Routine,
Notfälle abgehandelt, als wären es Formalitäten.
Dies bemerkten Oberärzte, Ärzte und Kollegen
gleichermaßen.
Ich war sehr interessiert und lernte vieles über diverse
Herzkrankheiten, Medikamente und Abläufe.

Dieses Engagement gepaart mit meiner sozialen Kompetenz
und sprachlichen Fähigkeiten brachte mir schnell Respekt auf
der Station ein.

Ich erinnere mich auf einen Satz von der „blonden, immer
junggeblieben Schwester".
Sie macht lieber mit mir als Pflegehelfer Dienst, als mit so
manchen Diplomierten oder Diplomierter, da ich sofort die
richtigen Entscheidungen treffe und auch ohne Zeit zu
verlieren handle.
Dies war schon was von dieser Schwester, Eis dürfte
gebrochen sein.

Der Stationsleiter „G" bemerkte auch, dass egal, ob jemand
am Gang synkopiert ist oder auf der Terrasse ein Besucher
bewusstlos vom Sessel viel, ich lief sofort hin und war an
erster Stelle.

Andere bemerkten meine kommunikativen Fähigkeiten und
so wurde ich auch immer öfter zu sagen wir mal
„herausfordernden Patienten*innen" geschickt, wo andere mit
der Kommunikation scheiterten.

Patienten zeigten sich von meine Betreuung zufrieden und es
wurde auch von deren Seite Lob laut.

Allerdings gab es auch welche, denen man nichts recht
machen konnte.
Jeden Menschen recht getan ist eine Kunst, die niemand kann.
So wurde mir von Oberärzten und Oberschwester auch das
„Du" Wort angeboten, welches ich gerne angenommen habe.

Dies allerdings konnte ich nur durch einen starken Rückhalt
meiner Frau erreichen.

Den hinter jedem erfolgreichen Mann steckt eine starke Frau.

Die Jahre vergingen und ich wollte mich immer weiterbilden.
Jedoch, kam es nach vielen Versprechungen zu keinen dieser
Weiterbildungen.
Kleinere Schulungen wie Kinästhetik, Blutabnahmen
Präanalytik für Pflegeassistenten, Reanimation usw. hingegen
fanden laufend statt.
Wichtige Info am Rande "Pflegeassistent*innen" ist der
Nachfolgeberuf des Berufs "Pflegehelfer*innen". Alle
Personen, die eine Berufsberechtigung als Pflegehelfer*innen
besitzen, sind zur Ausübung des Berufs
"Pflegeassistent*innen" und zur Führung der
Berufsbezeichnung "Pflegeassistentin" bzw. "Pflegeassistent"
berechtigt.
Viele kompetente Pflegeassistenten haben das Handtuch nach
vielen Jahren der Versprechungen auf Weiterbildung
geworfen.
So verlor die Arbeitsstelle laufend kompetente und gute
Mitarbeiter*innen.

Immer wieder drauf ansprechend, wurde ich vertröstet.
Meine Zeit wird kommen dachte ich und so soll es auch sein,
mehr dazu später.

2016 Ein Jahr das viel verändert
(nur noch 4 Jahre bis Corona)

Schöner Sommertag, ab mit Familie und meinen Vater, sowie deren mittlerweile verehelichten Gattin in eine wunderschöne Therme nach Sarvar in Ungarn, ca. 2 Stunden von Wien entfernt.
Dort angekommen verbrachten wir einen sehr schönen Tag in der Therme, Kinder waren glücklich, rutschten die Wasserrutschen hundertmal herunter, spielten beim Piratenschiff und nutzten die sehr gut ausgestattete Riesenanlage.
Kinder-Gequatsche und Geschrei an allen Ecken und Enden.

Mein Vater und seine Frau, etwas abseits von Geschrei der Kinder und eher nach ruhesuchend, lagen in der Sonne und genossen die warmen Heilbäder.
Bei einem Zusammentreffen bei den Rutschen, bemerkte ich bei meinem Vater, dass seine Badeschuhe massive Riemen in den Füßen beidseits hinterlassen hatten und wusste, dass Wasseransammlung in den Füßen und Beinen ein Zeichen für Herzprobleme waren.
Schließlich, arbeite ich schon Jahre lang auf der Kardiologie und mir waren solche Beine sehr vertraut.
Ich sprach ihn darauf an und bat ihn einen Arzt aufzusuchen und erklärte ihm, welche Ursachen das haben könnte.
Er sagte, er geht nächste Woche zum Arzt, wo er eh einen Termin habe.
Weiters verbrachten wir bis spät in den Abend einen schönen Tag in der Therme.

Wenige Wochen war es dann soweit.
Wie immer um 5 Uhr morgens aufgestanden vor Dienstbeginn und Handy lautlos gestellt, sah ich mehrere Anrufe und Nachrichten auf meinem Handy.

Bruder, Frau meines Vaters, Schwägerin, alle Informierten mich darüber, dass mein Vater im Krankenhaus liegt, in welchen? Natürlich in den, wo ich arbeite…
Schnell rief ich meine Kollegen an und fragte, ob sie Informationen haben.
Ja, er liegt in unserem Pavillon, einen Stock unter uns, auf der Intensivstation.
Schnell trank ich meinen Kaffee, machte mich frisch und fuhr in die Arbeit um meinen Dienst anzutreten.
Von der Dienstübergabe habe ich so gut wie nichts mitbekommen, da meine Gedanken einen Stock tiefer gebunkert waren.
Sofort nach der Dienstübergabe marschierte ich in den vierten Stock und bat meine Kollegen meinen Vater sehen zu dürfen, was mir als bekannter Mitarbeiter natürlich auch außerhalb der Besuchszeiten gestattet war.

Ich sah ihn da liegen, wie ein Stück Elend, schwerer Herzinfarkt, beatmet und kaum ansprechbar.
Er bemerkte mich, hob kurz die Hand, sagte „Bua" und schlief wieder ein.

Andreas, der diensthabende Oberarzt kam zu mir und erzählte mir sofort, was passiert war.
Er machte Nägel mit Köpfen, wusste dass ich von Fach bin, auch wenn nur unter Anführungszeichen Pflegeassistent.
Verschluss der LAD, CX zu 90% stenosiert und viele weitere Schäden am Herzen.
Akute Lebensgefahr, es wurde interveniert, Stents…
Ich blieb stark, zeigte trotz meiner innerlichen Unruhe Professionalität und beantwortete seine Fragen, ob er Raucher sei oder ob mir was aufgefallen ist in den letzten Wochen.
So erzählte ich auch von meinen Beobachtungen und in der Therme und über meine Aufforderung einen Arzt aufzusuchen.

Andreas sagte mir auch, dass man weiteres abwarten muss und es ihm den Umständen entsprechend gut gehe und wenn ich was brauche, mich jederzeit an ihn wenden kann.
Ich ging wieder Richtung Station zurück und am Gang auf den Weg in den fünften Stock verließ mich meine Stärke und ich fing an zu weinen.
Sobald ich mich ein wenig beruhigt hatte, rief ich meine Frau an, erzählte ihr alles und fing des Öfteren wieder an, zu weinen.
Die anderen Familienmitglieder und seine Gattin informierte ich über Textnachrichten.
Zurück auf der Station, bemerkte mein Stationsleiter meinen Zustand und bot mir an den Dienst zu beenden, was ich sofort annahm.

Alle waren besorgt und mir war klar, dass das Leben meines Vaters von nun an ein anderes sein wird.
Das Ausmaß war mir bis dahin aber noch nicht bekannt.

Mein Vater war immer schon ein wenig stur und eigenwillig und so kam es immer wieder dazu, dass er die Medikamente so genommen hat, wie er wollte.
Das führte allerdings dazu, dass er immer wieder ins Krankenhaus musste.
Die Rettung durfte ihn nur mitnehmen, wenn er zu mir gebracht wird, was natürlich nicht immer einfach war.

Mein Stationsleiter „G", mit dem ich mich seit der Aussprache nach unserer Auseinandersetzung sehr gut verstanden habe, sagte mir immer Unterstützung zu.
Er reservierte Zimmer, die eigentlich nur für Patienten mit Zuzahlung vorgesehen waren und garantierte somit immer bestmögliche auf meinen Vater zugeschnittene medizinische

und pflegerische Versorgung, für welche ich ihm noch heute dankbar bin.

Da er längere Zeit die Medikamente trotz Kontrolle seiner Frau und ewiger Anrufe und auch Besuche und Kontrolle meinerseits nicht genommen hat, trat eine massive Verschlechterung ein.
Notfall, Herz schwach, Nierenversagen, er musste ins künstliche Koma versetzt werden, wo nach dem Erwachen eine Wesensveränderung zu erkennen war.
Auch hier hat mein Stationsleiter ermöglicht, dass mein Vater von einem Spital in dem er als Notfall eingeliefert wurde und dort die Medikamente verweigerte direkt zu uns transferiert wird.
Dies alles, obwohl mein Vater stur war wie ein Bock und immer wieder auf eigene Verantwortung das Krankenhaus verlassen hat.

Auf unserer Station haben ihn alle meine Kollegen*innen sowie Ärzte immer mit viel Geduld und Ruhe behandelt.

Meine Geduld allerdings neigte sich langsam dem Ende zu, er wurde immer schlechter und brauchte eigentlich zu Hause eine Unterstützung, die er jedoch ablehnte.
Auf seine Frau hörte er nicht und auf mich auch immer weniger.

Ich sagte ihm, wenn er so weiter macht, wird er sterben.
Er lachte und sagte, ich soll mir keine Sorgen machen, alles wird gut.

Der Wunsch mich zum diplomierten Gesundheits- und Krankenpfleger fortzubilden verblasste im Laufe der Jahre.

Die ewigen Versprechungen seitens der Arbeitsstelle waren nicht mehr ernst zu nehmen und teilweise langweilten diese mich sogar.
Eine Kündigung kam aber für mich nicht in Frage, da, ich ein bereits sehr angesehener Mitarbeiter war, der sich sehr gut mit der Station identifizieren konnte.
Ich war sogar sehr stolz dort zu arbeiten, da alle meine ehemaligen Schulkollegen aus der Pflegeschule eher, na sagen wir mal nicht so interessante Arbeitsstellen hatten.

Weiters fasste ich auch den Beschluss, OK dann werde ich halt Pflegefachassistent, ein Beruf der sich dank der neuen GUK Novelle 2017 direkt aufdrängte.

Pflegefachassistenten*innen erledigen unter anderem organisatorische Arbeiten und führen, siehe da, eigenverantwortlich Maßnahmen durch, die ihnen von Diplomierten oder Ärzten im Rahmen der Diagnostik und Therapie übertragen wurden, wirken beim Pflegeassessment mit und beobachten den Gesundheitszustand ihrer Patienten. Weiters leiten sie Auszubildende der Pflegeassistenz in der praktischen Arbeit an.

Pflegefachassistenten dürfen, standardisierte Untersuchungen wie z. B.EKG, EEG und Lungenfunktionstests durchzuführen, Harnblasenkatheter (bei Frauen, nicht bei Kindern) oder Magensonden zu legen bzw. zu entfernen, laufende Infusionen anzuschließen bzw. abzunehmen und elektrisch betriebene Bewegungsschienen (Voreingestellt) einzusetzen.

Erste Hilfe Maßnahmen, Reanimation sind selbstverständlich ebenfalls im Berufsbild vorgesehen…

Der Hammer, es gibt nach positiver Absolvierung der Schule und verfassen einer Fachbereichsarbeit ein Diplom, ja ein Diplom…

Wow, das ist ja schon mal was.

Allerdings war dies eine 2-Jährige Ausbildung und eine Aufschulung von Pflegeassistent zum Pflegefachassistenten war bis Dato noch nicht gegeben,

Sobald es diese Möglichkeit gibt werde ich zuschlagen!

2017 Info die Kardiologie: wir übersiedeln!

2017 kamen dann konkrete Informationen bezüglich der Schließung unserer Kardiologie und deren Neuentstehung in einem anderen Krankenhaus.

Stationsleiter „G" und die Business Lady sprachen von diesen Tag an von nichts mehr anderen.
Mein Gott war das nervig.
So nervig, dass sobald die Business Lady auf die Station kam ein Flüchten der Mitarbeiter*innen von Gang in Richtung Patientenzimmer erfolgte, obwohl zu diesem Zeitpunkt weder Patientenglocken zu hören oder ein Patient einen Pflegebedarf hatte.
Einfach nur um diese Selbst-Beweihräucherung nicht mehr hören zu müssen, wie toll das alles wird usw.
Wenn der Überlebensinstinkt das Fluchtverhalten eines Mitarbeiters zu spät aktivierte, war er gefangen und musste diese 5 Minuten, welche anstrengender, als jeder Nachtdienst waren über sich ergehen lassen.
Nur eine Patientenglocke konnte dich aus dieser Gefangenschaft befreien.
Ich entwickelte da eine ganz andere Strategie.
Ich konnte die Gefahr sehen, sogar spüren und todesmutig ging ich in Richtung der Business Lady, die schon voller Freude mit ewig selben Informationen auf mich zukam.

Sie fragte pro forma wie es einen geht, oder wie war die Nacht? Bevor die Lobeshymnen über das neue Krankenhaus folgten.

Wie war die Nacht, na rate mal nach 12,5 Stunden Dienst.
Lang und finster sowie 1000 Patientenglocken.
Durchwachsen war die Nacht, ein Traum, aber ich hätte da noch etwas, was man eventuell ändern könnte, bzw. was mich stört.

Und schon setzte ein Fluchtverhalten ein, diese Sachen waren nicht gern gehört und so wurde ich vom Gejagten zum Jäger. Lechzend ging ich der Gejagten nach um weiters meine Wünsche anzubringen.

Diese Dinge wurden nicht gerne gehört, schließlich sind wir ja die Vorzeigestation ohne Probleme, wo alles nach geregelten Standards abläuft.

Genau wer`s glaubt.

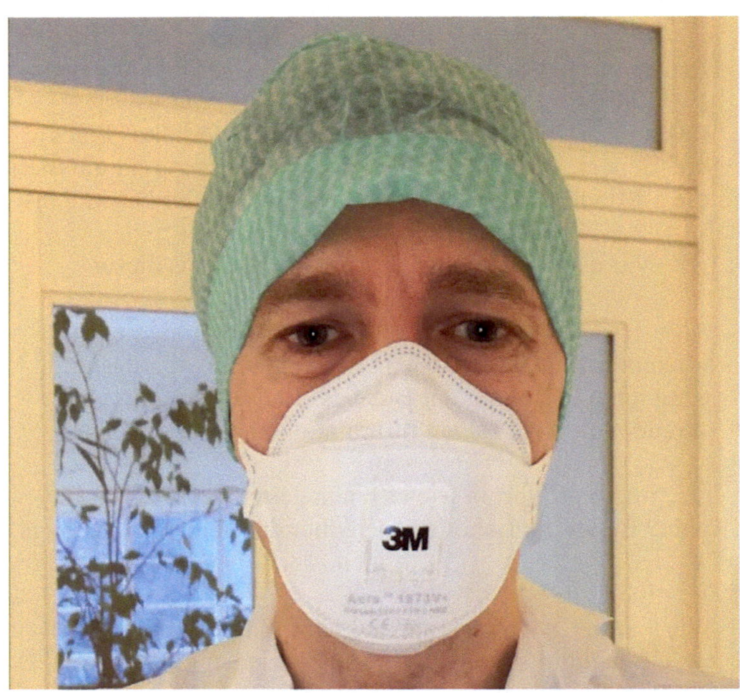

2018

2018
(nur noch 2 Jahre bis Corona)

Mit Näherrücken der Übersiedlung, mussten auch
Mitarbeiter*innen sich festlegen, ob sie mitgehen möchten
oder nicht.

Viele lehnten ab und kündigten, manche ließen sich versetzen
und so entstand binnen recht kurzer Zeit ein massiver
Personalmangel.
Irgendwie kamen kaum Bewerbungen und so mussten viele
Dienste besetzt werden und es kam auch teilweise zu einer
massiven Unterbesetzung.

Hier möchte ich auch mal erzählen, mit welchen Tricks dann
gearbeitet wurde, um die wenigen, die sich beworben haben,
dann auch zu behalten.

Normalerweise waren wir zu diesem Zeitpunkt zu dritt im
Dienst um 22 Patienten versorgen zu können.
Meistens zwei Diplomierte und ein Pflegeassistent*in.
An schlechten Tagen nur zu zweit, wo dann Stationsleiter
oder deren Vertretung mit anpacken musste.

Es kündigte sich eine „Schnupperin" an, welche von der
Stationsleitungsvertretung rekrutiert und empfohlen wurde.

An besagten Tag wurde ich gebeten zumindest einen 6
Stunden Dienst zu machen, um mich nur um die hoffentlich
neue Kollegin zu kümmern und ihr alles zu zeigen.
Ich zeigte Schwester „A", welche mir gleich von Anfang an
sympathisch war, die Station, informierte sie über Abläufe
und unterstrich nur die positiven Dinge.
Ich erwähnte natürlich nicht die vielen Personalabgänge oder
gar die Krankenstände, welche sich Dank zugenommener
Arbeitsbelastung mehrten, sondern wies darauf hin, dass wir

heute eben zu viert und sonst zu dritt sind und alles gemütlich
abläuft.

Natürlich tat ich dies als braver Soldat und befolgte Befehle
Nein, eigentlich war ich froh, endlich jemanden zu haben, der
uns Dienste abnehmen konnte und uns somit als gewonnener
Mitarbeiter*in entlastet.
Nach dem Schwester „A" ihren Schnuppertag beendete,
wurde ich gefragt was ich von ihr halte.
Wie schon oben geschrieben, in erster Linie sympathisch und
sie wirkte sehr interessiert.
Sie wurde dann von meiner Stationsleitungsvertretung,
welche Sie empfohlen hat mit den Worten, Sie war von allen
Bewerbern als die Beste ausgewählt.

Von allen Bewerbern die Beste? Ja, stimmt sogar, Sie war
nämlich die Einzige
liebe Schwester „A", Sorry für diese Täuschung…

Vor der großen Übersiedlung kam es noch zu einen
Zwischenfall, welcher mich wieder um einiges reifer werden
ließ in diesem Beruf und mich zu dem machte, der ich nun
bin.

Nachtdienst mit einer meiner Lieblingskolleginnen „Doris".
Doris, eine locker lustige, aber nie die Pflicht aus den Augen
verlierende Kollegin.
Wieder mal hatten wir gemeinsam Nachtdienst und gingen
auf die Abendrunde, wo wir bemerkten, dass in einem der
Männerzimmer die Nachtbeleuchtung nicht funktionierte.
Pflichtbewusst, wie wir beide nun mal sind, haben wir die
Haustechnik verständigt, um dieses kleine Dilemma, welches
sich später noch zu einen großen entwickeln sollte beseitigen
zu lassen.

Nach Beendigung der Abendrunde, kam der Techniker auch
schon auf die Station und wir zeigten ihm das Zimmer,
welches mit den neuen Leuchtmittel ausgestattet gehört.
Währenddessen, gingen wir auf den Stützpunkt, um die
Kurven auch bekannt unter den Namen Patientenmappen
auszuarbeiten.
Ich gab Parameter für die Blutuntersuchungen am Folgetag
ein, als ich plötzlich auf einen Riesenkrach aufmerksam
wurde.

Was war geschehen? Ein Patient warf Mistkübel, welcher aus
Metall war und nicht gerade leicht aus dem Patientenzimmer
und knallte die Tür zu.
Ich sagte zu Doris, bleib hier, ich sehe mal nach.

Mit einem bereits unguten Gefühl, ging ich zu dem Zimmer
und öffnete die Türe, das Zimmer war dunkel, ich ging einen
Schritt hinein und plötzlich sprang der Patient auf mich los
und verpasste mir einen Faustschlag mit voller Wucht direkt
ins Gesicht.
Von Sternen umkreist und von der Wucht des Schlages,
drückte es mich mit der rechten Hand gegen den zweiten
Türflügel, wo ich dann nicht mehr wusste, was mehr
schmerzt, Gesicht oder Hand?
Egal, er schlug weiter auf mich ein und ich war gezwungen
Abwehrhandlungen zu setzen, drückte ihn zurück, konnte ihn
aber nicht beruhigen.
Erst, als der bereits noch anwesende Haustechniker hinzukam,
konnten wir gemeinsam den Patienten zurückdrängen und
beruhigen.
Sofort rief ich Doris, welche die diensthabende Ärztin über
den Vorfall informierte.

Diese meinte, cool, ich komme dann!
Ich komme dann, was dann, gerade beim Abendessen oder
was?

Voller Zorn nahm ich das Diensthandy zu mir und erklärte ihr,
wenn sie nicht binnen 2 Minuten hier ist, „andere Patienten
welche den Vorfall beobachten konnten, hatten Angst", rufe
ich die Polizei.
Es dauerte keine 30 Sekunden und sie war da.

Es wurde alles aufgenommen und dokumentiert.
Meinen Stationsleiter habe ich ebenfalls telefonisch
verständigt.
Er zeigte sich bestürzt und es fehlten ihm die Worte.

Wenig später kam auch der diensthabende Oberarzt und sah
mein Hämatom am Jochbein und meine Prellungen am
rechten Unterarm.
Er sicherte mir vollste Unterstützung zu.
Dieser Arzt rettete damals meinem Vater das Leben.
Er empfahl mir auch über meine Verletzungen
Fotodokumentation anzulegen.
Anfangs sahen die Bilder gar nicht so wild aus.
Pflichtbewusster Trottel, welcher ich nun mal bin und
wissend, dass kein Personal mehr da ist, versah ich meinen
Dienst, welcher sich aber zunehmend schwieriger gestaltete.
Der Unterarm schwoll immer mehr an und bei der
Morgenrunde wollte ich einen Patienten mit meiner Kollegin
im Bett umpositionieren, welches mir aber dann Aufgrund
von stechenden Schmerzen nicht mehr möglich war.
Ich ging vor Schmerzen richtig in die Knie, konnte mit rechter
Hand nichts ziehen, heben oder ordentlich halten.
Nach Dienstschluss fuhr mich meine Kollegin ins
Unfallkrankenhaus Meidling.
Folge: 5 Wochen Krankenstand und psychische Belastung,
welche mir anfangs gar nicht auffiel.
Meine Kinder machten mich darauf aufmerksam, als Sie mich
beim Kauen der Fingernägel erwischten.

Habe ich bis Dato nie gemacht.
Auch bemerkte ich eine innere Unruhe und erschreckte mich bei kleinsten Geräuschen.
Das Schlimmste aber war, die Geruchsbildung, welche ich ebenfalls nie hatte.
Trotz Deo schwitzte ich die Shirts im Axel-Bereich nass und Wasserfälle schossen aus meinen Händen.
Meine Oberschwester rief mich zu diesem Zeitpunkt täglich an und gab mir den Rat einen psychologischen Dienst aufzusuchen.
Was ich auch tatsächlich in Anspruch genommen habe.
So wurde mir die Geruchsbildung klar, es waren die Hormone, welche getrieben von diesen Vorfall nur langsam abbauten.
Auch gab mir die Psychologin Tipps, wie ich die Geschichte besser verarbeiten könnte, was mir nach über 4 Wochen auch recht gut gelungen ist.
Doch in dieser Zeit wurde sehr viel Zerstört, welches nicht mehr repariert werden konnte.
Die mittlerweile neue Stationsleitungsvertretung, die alte Vertretung bekam eine Leitungsposition und ließ sich nach „Mistelbach“ versetzen, spielte den Fall laut meinen Kollegen*innen herunter.
War ja nicht so schlimm, ließ sie verhören.
Was heißt, war ja nicht so schlimm, ja, wenn man selbst nicht davon betroffen ist, sicher nicht.
Sie wäre vermutlich von der Wucht KO gegangen, aber, egal.
Meine Kollegen sahen das zum Großteil natürlich anders…
Danke hier auch an Wolfgang, der da schon vor Ort Paroli geboten hat ohne meine Anwesenheit.
Die immer anrufende und sich sehr besorgt zeigende Business Lady, riet mir immer am Telefon, ich solle mir die Zeit nehmen, was ich brauche, schließlich war dies ein sehr einprägendes Schockerlebnis, welches verarbeitet werden muss.

Allerdings gab sie ohne, dass ich es wusste, die Order im Hintergrund mit den Erfragen meiner Rückkehr und ließ andere anrufen.
Bei einem Anruf nach gut 3 Wochen mit der Frage „wann ich denn wiederkomme" reagierte ich sehr erbost und teilte mit, dass ich nicht im Krankenstand bin, weil ich krank bin, sondern von einem Patienten arbeitsunfähig geschlagen wurde und wer ihr das Recht gebe anzurufen und nach so einem Schwachsinn zu Fragen.
Die Antwort haute mich fasst vom Sessel, die Business Lady will es wissen, selbe Business Lady, welche noch am Vortag gesagt habe, ich solle mir die Zeit nehmen, die ich brauche.
Dieses falsche Spiel schädigte mein Vertrauen zu ihr und konnte auch nie wiederaufgebaut werden.
Nach 5 Wochen ging ich dann auch gegen anraten meines Arztes wieder meiner Arbeit nach.
Es wurde mir geraten längere Zeit für die Verarbeitung des Geschehenen zu nehmen und eventuell „Wiedereingliederungsteilzeit nach langen Krankenstand" in Anspruch zu nehmen.
Ich wollte aber meine Kollegen*innen, welche laufend meine Dienste besetzen mussten nicht im Stich lassen und hatte nach gut 5 Wochen wieder meinen ersten Dienstantritt.
Ist das dumm? Sollte ich lieber nicht mehr auf mich sehen? Nein, ich bin ein Mann, ein guter Mitarbeiter, den man braucht.
Ich wollte mir selbst beweisen, dass ich es schaffe und ich schaffte es.

Dieses Ereignis hat vieles in mir bewirkt.
Es ist ein Teil von mir, welches mich in diesem Beruf, wo Erfahrungen so wichtig sind weitergebracht hat.

2019 war dann das Jahr der vielen Veränderungen.

Im Mai 2019, wurde mein Vater nach längeren Aufenthalt bei uns wieder in häusliche Pflege entlassen.
Zu Hause war er mit der Situation alleine überfordert und ich musste teilweise bei der Inkontinenz und Wundversorgung übernehmen.
Er ließ kaum Pflege durch mobile Dienst zu und hörte nicht auf seine Frau.
Medikamente nahm er, wie immer nach Lust und Laune.
Er rief mich immer wieder an und ich musste ihm erklären, dass ich zwei kleine Kinder, Frau und Familie, sowie einen Beruf habe, mit welchen ich ordentlich ausgelastet bin und nicht bei jedem Anruf kommen kann.
Ich erklärte ihm weiters, dass er auf seine Frau hören möge und mobile Dienste akzeptieren soll und seine Medikamente einnehmen muss.
Es kam aber, was kommen musste.
Er konnte alleine nicht mehr den Leibstuhl benutzen und verlor vermutlich die Kraft und es kam zu Hause zu einem Sturz, mit Folge Oberschenkelhalsbruch.
Es stand eine Operation mit sehr schwachen Herzen und kaputter Niere, sowie schlechtem Allgemeinzustand ins Haus.
Ich, für meinen Teil dachte, er wird diese Operation nicht überleben.
Im Krankenhaus teilten sie mir mit, die OP sei gut verlaufen und am nächsten Tag meldete sich mein Vater und wirkte am Telefon frisch und munter.
Ich war überrascht, konnte ihn aber nicht besuchen, da ich gerade eine Tag-Tag-Nacht-Schicht vor mir hatte.
Am nächsten Tag rief er mich an und erzählte mir, dass er eine Akutreha, welche in einiger Zeit kommen sollte, abgelehnt hat, da diese weit entfernt von Wien stattfinden sollte und er lieber eine in der Umgebung machen möchte.
Für mich nachvollziehbar, da er in der Nähe leichter Besuch empfangen könnte.

Er war voll klar, so klar, wie eigentlich schon lange nicht
mehr und zeigte sich kämpferisch.
Auch auf telefonische Rückfrage bei Kollegen*innen im
Krankenhaus wurde das bestätigt, Medikamente werden
genommen, er arbeitet überall aktiv mit, neuer Lebenswille.
NEIN!
In meinen Nachtdienst wurde ich gerade während der
Abendrunde angerufen, dass es meinem Vater sehr schlecht
gehe und ich kommen möge.
Mein Bruder und dessen Frau waren bereits Vorort.
Natürlich konnte ich während der Runde nicht meinen Dienst
verlassen und nach Ende der Runde war alles vorbei.
Mit meinen Bruder via WhatsApp verbunden, zeigte er mir
die Werte am Monitor.
Oh, mein Gott, ich kannte diese Werte von unseren
Überwachungsgeräten, ich sah ein schwaches Herz, welches
bald aufhören wird zu schlagen.
Wenige Minuten später die Nulllinie, sein Peacemaker
probierte noch den Tod abzuwenden, ohne Chance.
Mein Vater ist verstorben.

Unser letztes gemeinsames Bild

Auch für meine Kinder war es ein Jahr der Veränderungen.
Mein Sohn war endlich groß genug seinen geliebten
Kindergartenplatz zu verlassen und in den Club der Großen
einzusteigen.
Er hatte nur einen Wunsch „Star Wars Schultüte"!
Schön angezogen mit Mascherl und voller Stolz ging es
Richtung Klassenzimmer, wo bei Betreten gleich mal die
ersten Tränen flossen.
Es war herzzerreißend, aber da muss er durch.
Zu seinem Glück kam ein zweiter Junge hinzu, welcher ihm
aus dem Kindergarten bekannt war und aus Solidarität mit
ihm mitweinte.
Immerhin weinte der kleine Padawan und Star Wars Held mit
Laserschwert nicht mehr alleine.
Als das kurze Kennenlernen auch schnell vorbei war, bekam
er endlich seine tolle und langerwartete Star Wars Schultüte
und war stolzer Schüler der ersten Klasse.
Die ersten Haustiere nahmen Einzug in unsere Wohnung.
Viktoria und Robert hatten immer den Wunsch einen Hund
oder eine Katze.
Hund kommt nicht in Frage da weder meine Frau, noch ich
die Lust haben, täglich mehrmals bei jedem Wetter
rauszugehen.
Katze, hm ja, warum nicht, allerdings die Haare überall, nein,
also auch nicht.
So viel die engere Auswahl auf Meerschweinchen, die ich
persönlich eigentlich nicht unbedingt möge.
Doch diese 2 Meerschweinchen, das Süße Glatthaar-
Meerschweinchen „Emmie" und das niedliche Rosetten-
Meerschweinchen „Cheewie", sollten meine Meinung ändern.
Diese 2 Meerschweinchen zogen bei uns ein und sorgten für
glückliches Strahlen in deren Kinderaugen.
Anfangs, noch sehr schüchtern, konnten wir schnell ihr
Vertrauen gewinnen.
Nun waren wir zu sechst.

Übersiedlung ins neue Krankenhaus…
Die Übersiedlung ins neue Krankenhaus funktionierte von
unserer Seite recht problemlos.
Wir hatten Einschulungen, konnten uns einen Monat auf alles
Vorbereiten.
Sahen Fehler, welche eigentlich bereits vorher klar sein hätten
müssen.
Um nur ein Beispiel zu nennen, wir hatten keine Rufglocken
für die Patienten.
Hm angenommen ich habe 100 Betten, sagt mit die Logik, ich
brauche mindestens 100 Rufglocken und wenn ich schlau bin,
bestelle ich gleich 10 in Reserve, falls eine kaputt werden
sollte.
So wurde ich es zumindest machen.
Andere hochintelligente Leute, sogar mit einem Titel vor den
Namen, bestellten gar keine.

Egal, schließlich habe ich ja schon immer gewusst, dass ein
Titel vor dem Namen gar nichts bedeutet und schon gar nicht
zwingend etwas mit Intelligenz zu tun hat.
Wurde hier ja auch wieder Eindrucksvoll demonstriert.

Ich probierte wirklich alles, um mich auf meiner neuen
Arbeitsstelle wohlzufühlen. Aber schlecht abgestimmte
Abläufe, wenig Tagespräsenz und irre lange Gänge sorgten
schnell für Unmut innerhalb des Teams.
Im Dienst wurde ich von Kolleginnen 12 Stunden immer
wieder damit konfrontiert, wie schlecht hier alles ist und es
sei nicht auszuhalten.
Diese Infos gab ich weiter an meine Vorgesetzten, welche
dann auch immer nachfragten bei besagten Damen.
Da hieß es dann immer, nein ist eh alles super, alles gut.
Da war ich dann echt am Auszucken, jammern mich 12
Stunden zu, wie schlecht alles ist, saugen mir die Energie
damit raus und sorgten damit für schlechte Stimmung bei mir.

2019

Dann aber genug, ich zog bei diesen raunzenden Kolleginnen einen Schlussstrich und immer, wenn diese anfingen zu jammern, verwies ich sie an die Stationsleitung.
Generell von den Abläufen und immer wieder aushelfen auf anderen Station genervt, suchte ich Rat bei meiner Frau.
Diese meinte, ich solle mich weiterbilden und es gibt bereits an selbiger Schule, wo ich damals noch den Pflegehelfer gemacht habe, die einjährige verkürzte Ausbildung zum Pflegefachassistent mit Diplom.
Ich dachte mir, ja, warum nicht, schließlich habe ich noch ein Schreiben vom Direktor persönlich, dass Weiterbildungen zur Pflegefachassistent*in vorgesehen sind und mir meine Business Lady diesbezüglich Unterstützung und Priorität eingeräumt hat.
Ich stand auf der Prioritätenliste zur Weiterbildung an erster Stelle, welches auch unter allen Kollegen*innen, die ebenfalls diese Ausbildung machen wollten bekannt gewesen ist.
Auch hatte ich eine hervorragende Mitarbeiterbeurteilung aus der hervorgeht, dass diese Weiterbildung seitens der Stationsleitung befürwortet wird.

Ok, abwarten, sie werden mich schicken.
So nahm ich die Sache kurzerhand selbst in die Hand und bewarb mich bei der Schule und nahm nach dem Nachtdienst an einem Auswahlverfahren teil, welches ich ohne Mühe durchlaufen konnte.
Kurze Zeit später, Aufnahme in die Schule.

Anruf und Bitte um Bildungskarenz wurde mit fadenscheinigen Gründen abgelehnt.
Plötzlich war ich der böse Mitarbeiter „trotz hervorragender Mitarbeiterbeurteilung" und mein Stationsleiter warf mir Untreue vor.
Auf die Untreue angesprochen, wollte ich sogar noch das persönliche Gespräch mit den Gerüchte-Streuern und meinen

Stationsleiter gemeinsam suchen um diesem die Zähne zu
ziehen.
Jedoch war ich so enttäuscht davon, dass mir weder
Bildungskarenz noch einvernehmliche Kündigung bewilligt
wurde und ich bei meinen Vorgesetzten das Vertrauen
verloren hatte.

Ich schrieb die Kündigung noch an diesem Abend und gab
das Schreiben am nächsten Morgen persönlich meinem
Stationsleiter in die Hand.
Zu kündigen per E-Mail oder Fax erschien mir zu feige.
Der Weg von der Umkleidekabine bis hin zu ihm in den
fünften Stock war einer meiner längsten und schwersten Wege
in meinem Leben.
Schließlich, hatte ich ihm viel zu verdanken bezüglich meines
Vaters und wir hatten viel gemeinsam in der Arbeit erlebt,
sowohl Gutes als auch Schlechtes.

Diese Kündigung brachte mir einen riesigen finanziellen
Verlust, aber einen menschlichen Gewinn.

CORONA

Während dieser Zeit, kündigte sich Corona langsam, aber
sicher an.
Man hörte in den Nachrichten aus China, um genau zu sein
aus der Region Wuhan Gerüchte bezüglich eines Virus und
einigen Infizierten.
Wow, ok, als alter Resident Evil Fan dachte ich sofort an
einen Chemieunfall, welche jetzt alle Menschen zu Zombie
werden lässt.
Allerdings in China und das ist dann doch noch recht weit
weg und somit besteht keine Gefahr.

Am 2 Februar 2020 Endlich Schulbeginn

Nun war es endlich soweit am 3 Februar 2020 erster Schultag für mich,
Meine Frau und Kinder schenkten mir als großen Star Wars Fan eine kleine Star Wars Schultüte und ein T-Shirt aus der neuen SW Serie „Der Mandolorianer"
Doch ein wenig nervös, setzte ich mich in die letzte Reihe, welche zum Schluss hin eine reine Männerreihe wurde.
Hermann am Nebentisch war mir bereits aus dem Auswahlverfahren bekannt, da er so wie ich, dieses nach dem Nachtdienst absolvierte.
Da ich, damals schon einen Intellekt bei ihm erkennen konnte und wir uns in vielen Dingen ähnlich waren, war es Pflicht mich in seiner Nähe aufzuhalten.
Die Schule startete recht gemütlich und wir lernten unseren Klassenvorstand kennen.
Anfangs hatte ich Schwierigkeiten mich mit seinen witzigen und aus seinem Leben stammenden Geschichten zu identifizieren.
Das erste Mal wurde mir der Klassenvorstand suspekt, als er meinte, dass ihm die letzte Reihe nicht gefiel, er möge eher die Durchmischung bei der Sitzordnung.
Hallo, bitte, was? Bin keine sieben Jahre mehr alt und ich kann wohl selbst entscheiden, wo ich sitzen möchte und wo nicht.
Wir Männer erklärten uns kurzerhand solidarisch und erklärten, dass wir Brüder sind und alle denselben Vater haben.
Dies wurde mit einem Lächeln und den Worten „haha, genau" quittiert
Er erzählte uns, welche Unterrichtsfächer es geben wird.

Berufsspezifische Rechtsgrundlagen, Multi-Interkulturelles Pflegehandeln, Ressourcenorientiertes Pflegehandeln,

Angehörigen- und Beschwerdemanagement, Professionelles
Handeln in der Pflege, Pflege hochbetagter Menschen,
Menschen mit Behinderung pflegen, Kinder pflegen,
Beziehungsgestaltung und Kommunikation,
Assessmentinstrumente, Menschen mit Gewalterfahrungen
pflegen und noch vieles mehr.
Weiters wird es 3 Praktika geben und eine Fachbereichsarbeit,
welche nicht allzu wissenschaftlich sein soll, ist zu schreiben.
Er machte von Anfang an auch klar, dass er alle von uns
durchbringen möchte.
Keiner soll auf der Strecke bleiben.
Zu Hause, nach dem ersten Unterricht, erzählte ich von
meinem ersten Eindruck.
In den Nachrichten wurde nebenbei weiter über Corona in
Wuhan berichtet.

Die nächsten Schultage verliefen ebenfalls recht gemütlich
und reibungslos.
Ich merkte schnell, dass ich durch meine mehrjährige
Berufserfahrung, mehr als nur gut vorbereitet bin.
Langsam konnte ich mich mit der Unterrichtsmethode unseres
Klassenvorstandes anfreunden und erkannte den Hintergrund
seiner Unterrichtsmethode.
Es gab dann eigentlich nur noch einen Punkt, der mich ein
wenig an ihm störte,
diese Genauigkeit beim Unterrichtsende.
Wenn er Unterricht am Nachmittag hat, gibt es kaum eine
Chance diesen frühzeitig zu beenden, da er sehr
pflichtbewusst ist und keine üble Nachrede an der Schule
haben möchte.
Zwischenzeitlich wurde ich zum Klassensprecher
Stellvertreter gewählt, Gott sei Dank nur Vertreter, da ich
bereits Klassensprecher in meiner Pflegehelferausbildung
gewesen bin und wusste, was dies bedeutet.

Ich nahm die Wahl an und war von diesem Zeitpunkt immer eine Ansprechperson für meine Kollegen*innen.

Langsam entwickelte sich Corona in China zu einem richtigen Problem.
Eine Millionenstadt wurde abgeriegelt, Quarantäne, aber alles ist in Ordnung.
Was wollen die da verkaufen, dachte ich mir? Man riegelt eine Millionenstadt ab, stellt die Bürger unter Quarantäne, entzieht ihnen quasi die Menschenrechte, obwohl alles in Ordnung ist?
Da war ich zum ersten Mal so richtig skeptisch und begann zu recherchieren und wurde im Internet fündig.
Aber vorsichtig, nicht alle Quellen waren seriös, ich schaute immer, wer ist der Herausgeber dieser Informationen und probierte zu sondieren, was aber aufgrund der vielen Informationen nicht immer ganz leicht gewesen ist.
Mein Bruder versorgte mich ebenfalls mit Informationen und Videos die angeblich aus China „Wuhan" stammen sollten.
Es waren schreckliche Bilder, Bilder von Menschen, die in Krankenhäuser blutüberströmt am Boden lagen und zitterten am ganzen Körper.
Das soll das Coronavirus sein? Ok, wenn es so sein sollte, ist die Quarantäne mit Sicherheit kein Fehler gewesen.
Allerdings, war ich weiterhin skeptisch.

Der Schulunterricht ging weiter und Corona stellte für mich noch keine erkennbare Gefahr da.
Ich konzentrierte mich zu 100% auf den Unterricht und arbeitete gerne Präsentationen in der Gruppe aus, welche ich auch gerne persönlich vorne präsentierte, andere Schüler hingegen präsentierten sitzend.
Ich erntete viel Applaus von meinen Kollegen*innen für Ausarbeitung und deren einfachen Erklärung und denke auch,

dass diese Art der Präsentation und das selbstbewusste
auftreten anderen Lehrkörpern aufgefallen ist.
Auch konnte ich beinahe zu jedem Thema Erfahrungen und
Meinungen einbringen, ebenso, wie mein Schulkollege
Hermann.
Corona wurde aber allmählich zum Gesprächsthema unter uns
Schülern.
Aber eher so nach dem Motto, Wahnsinn was dort passiert,
kann hier nie passieren usw.

Mitte bis Ende Februar es wird nun ernst
Das Virus verbreitete sich immer schneller aus und in Italien
starben die ersten Menschen an Corona!
Italien, Europa, Nachbarland, ums Eck, da war es auf einmal
nicht mehr so lustig und eine leichte Unruhe machte sich in
den Medien und unter den Menschen in Österreich breit.
Die Österreichische Regierung holt Österreicher aus dem
Epidemie-Gebiet Wuhan ab.
In China starben inzwischen über 1000 Menschen an Corona.
Die WHO nennt die neue Lungenkrankheit Covid-19.
Italien ist nun immer stärker betroffen.
Erste bestätigte Corona Fälle in Österreich.
Es geht nun Schlag auf Schlag , Hamsterkäufe werden
durchgeführt und Supermärkte leergeräumt, WC Papier wird
in Massen gekauft „nach dem Motto, wenn ich sterbe dann
mit sauberen Hintern", Tage lang kein WC Papier verfügbar,
einzelne Waren, wie Konserven und Teigwaren sind teilweise
ausverkauft.

März: es nimmt überhand!
Erste Länder verhängen Einreiseverbote für Österreicher.
Desinfektionsmittel sind immer schwerer zu bekommen und
steigen rasant in Verkaufspreis.
Ich sah ein Inserat auf Willhaben mit 5.- Euro pro Milliliter
und den Hinweis „so viel sollte Ihnen ihre Gesundheit schon
Wert sein", einfach nur krank.

Desinfektionsmittel werden in den Krankenhäusern und
Pflegeeinrichtungen einfach von Besuchern mitgenommen.
In Supermärkten steht man teilweise vor leeren Regalen
(Teigwaren, WC Papier).
Mittlerweile finde ich die Sache gar nicht mehr lustig und mit
Blick auf meine Frau und auf meine zwei kleinen Kinder,
macht sich ein wenig Angst in mir breit, welche ich natürlich
nicht zeige.
Erste Universitäten in Österreich stellen den Lehrunterricht
ein.
Im Nachbarland Italien, steigen die Fälle unaufhörlich und es
werden Sperrzonen errichtet.
11 März 2020 die WHO stuft Covid-19 als Pandemie ein.
In Österreich stirbt der erste Mensch an Corona.
Es folgen die ersten Ausgangsbeschränkungen.
Alle Geschäfte, die nicht der Grundversorgung dienen müssen
geschlossen bleiben.
Immer mehr Menschen werden arbeitslos.

Ja, und was machen wir? Wir sitzen in der Schule und
unterhalten uns über Pflegekonzepte, während die Geschäfte
geplündert werden.
Bei aller Liebe zum Menschen und meinen Beruf, ich möchte
mich vorbereiten und bei meiner Familie sein und nicht hier
sitzen und über Pflegekonzepte reden.
Auch unseren sonst so ruhigen und immer eine Geschichte
aus dem Ärmel schüttenden Klassenvorstand ging es sichtlich
nicht mehr so gut.
Auch ihm merkte man Sorge um seine Familie und Zukunft
an.
All diese Umstände sorgten erwartungsgemäß für massive
Unruhe und an einen normalen Unterricht war nicht mehr zu
denken und so wurden wir an diesem Tag frühzeitig aus dem
Unterricht entlassen.

Es wurden uns zwischenzeitlich noch schnell alle Unterlagen
für die Praktikumsstellen im August ausgehändigt.
Praktikum August Corona, kann das überhaupt funktionieren?
Wenn ja, wie?

Die Schule wurde dann offiziell mit 16.03.2020 geschlossen
und auf E-Learning umgestellt.

Alle Geschäfte, die nicht der Grundversorgung dienen,
müssen geschlossen bleiben.
Immer mehr Menschen werden arbeitslos.
Die Regierung setzt auf Tragen von Masken
Zu diesem Zeitpunkt, war ich froh, dass mein Vater bereits
verstorben ist, denn dieser Virus hätte seinem schwachen
Herz den Rest gegeben.

Zwischenzeitlich haben meine Frau und ich, uns so gut wie
möglich auf das Virus vorbereitet.
Ausreichend Lebensmittel in Form von Konserven, Zucker,
Kaffee, H-Milch usw.
Weiters verfügten wir über genügend Batterien,
Taschenlampen, Schutzmasken und Desinfektionsmittel,
Einweghandschuhe, Seife, sogar mehrere Power Akkus mit
Solarzellen und Esbit Taschenkocher.
Medikamente, Vitaminpräparate, Eisen, Zink, einfach alles
war da.

Die Schule ging via E-Learning und so mussten jeden Tag
mehrere Fallbeispiele ausgearbeitet werden, welche für mich
persönlich kein Problem darstellten, während sich andere
Mitschüler laufend per Anruf, E-Mail WhatsApp an mich
wandten.
Viele brauchten Hilfe, da Sie mit den Fallbeispielen nichts
anzufangen wussten.
Manche nur kleine Tipps.

Die Arbeit, die hier dahintersteckt, hat keiner gesehen und irgendwie bemerkte ich auch, dass manche Schüler es sich recht einfach machten.

Ich arbeite aus und andere möchten meine Ausarbeitung sehen, hm, ok, bin ja kollegial, aber es kann nicht sein , dass ich kaum Zeit für meine Familie habe, während andere die Füße hochlegen und meine Ausarbeitung abwarten.

Somit, hatte ich eine massive Mehrleistung zu verzeichnen, lernen für mich und teilweise auch für andere, lernen und spielen mit Kindern, Gartenarbeit, Hausarbeit.

Meine Frau kümmerte sich währenddessen um das Lernprogramm der Kinder, welches nicht gerade wenig war. Ich musste diese Rolle nur an den Tagen übernehmen, wo sie in den Kampf gegen Corona ziehen musste.

„Sprich ihren Dienst im Krankenhaus antreten musste"!

Für die Kinder war die Umstellung anfangs nicht ganz leicht und sie sahen sich eher in den Ferien als im Unterricht zu Hause.

So kam es anfangs immer wieder zu sagen wir mal unterschiedlichen Auffassung in der Gestaltung des Tagesablaufs.

Hier mussten wir sie von den uns geplanten Tagesablauf überzeugen.

Unser Plan sah, wie folgt aus:

Aufstehen, Betten machen, kurz fernsehen, frühstücken, lernen, nachlernen spielen und ab 17 Uhr spielen am Tablett oder der Spielkonsole.

Der Plan der Kinder sah so aus:

Aufstehen, Bett später oder noch besser gar nicht machen, fernsehen, frühstücken zur Mittagszeit, 30 Minuten lernen, spielen im Garten, Eis essen, Konsole und Tablett.

Man kann hier schon massive Unterschiede erkennen, welche, wenn nicht angepasst, für Konflikte sorgen können.

So einigten wir uns trotz viel Gegenwehr auf unseren Plan, den wir allerdings laufend evaluieren mussten.

Robert bastelte während der Quarantäne

ebenso wie seine Schwester Viktoria

Die Kinder fingen an sich langsam an den Tagesablauf zu gewöhnen und lernten mit der Situation umzugehen.
Angst vor Corona hatten sie meiner Ansicht nach keine.
Ich erinnere mich lediglich an einen einzigen Fall, wo mein Sohn meinte „Was machen wir, wenn Corona zu uns kommt?"
Nichts, entgegnete ich, es darf nicht hinein und wir werden das dem Virus zeigen.
„Wie?" fragte mein Sohn.
„Ganz einfach, wir malen ein Virus auf ein A4 Blatt, streichen es durch und schreiben dazu, hier darfst nicht rein!"
Mit diese Lösung erklärte sich mein Sohn zufrieden.
Hier konnte ich einfach mit Imagination kindgerecht arbeiten.
In der Pflegeschule hingegen oder besser gesagt auf E-Learning standen die ersten Prüfungen an, für die ich mich bereits noch zu Unterrichtszeiten direkt in der Schule vorbereitet habe.
Trotz der guten Vorbereitung war ich ziemlich nervös, weil ich noch nie Online an einer Prüfung teilgenommen habe.
Die Prüfung gestaltete sich Dank unseres Klassenvorstandes glücklicherweise recht einfach „zumindest für mich".
Er stellte die Fragen genauso, wie im Unterricht bekanntgegeben, einfach kurz und präzise.
Es war ihm wichtig, dass jeder Schüler*in problemlos durch diese Prüfung kommt.
Schließlich, war es für viele nicht einfach neben dem Ausnahmezustand und Kindern zu Hause qualitativ hochwertig zu lernen.
Von da an, hatte unser Klassenvorstand meine Achtung und meinen Respekt verdient, welchen ich ihm auch in einer Nachricht zukommen ließ.

Nach gefühlten 200 Fallbeispielen, welche natürlich deutlich weniger waren, merkte ich eine gewisse Resignation von meiner Seite.

Wozu eigentlich ausarbeiten? Wird die Schule weitermachen?
Werde ich mit so einem Unterricht überhaupt gut vorbereitet?
Viele Fragen, für die es eigentlich keine richtigen Antworten
gibt.

Eine Stütze in diesem Moment war mich auch eine kürzlich
von mir gegründete Star Wars Fangruppe „Star Wars Retro
und Schnäppchengruppe" in Facebook, welche aufgrund von
Covid-19 auf mittlerweile 450 Mitglieder gewachsen ist.
Mein Freund Mark und ich sorgten dort für gute Laune und
versuchten die Mitglieder und uns mit Bildern unserer
Sammlungen, Gewinnspielen, Spendenaktionen für die
St.Anna Kinderspital Krebsforschung usw. auf andere
Gedanken zu bringen.
Das kam gut an und es ist bis Dato noch immer eine kleine,
aber feine Gruppe, wo ein respektvoller Umgangston herrscht.
Danke an alle, die während Covid-19 ein Teil von uns wurde.
Möge die Macht mit uns sein.

In dieser Zeit des Selbstzweifels gab es aber noch einen sehr
starken Halt.
Der stärkste Halt überhaupt.
Meine Frau, welche nun neben der Funktion der Ehefrau nun
auch die der Psychologin und Motivatorin einnehmen musste
und mich mit ihrer liebevollen und ruhigen Art motivierte und
für Ablenkung sorgte.
Meine Kinder motivierten mich ebenso und sorgten mit
gemeinsamen Spielen, wie Hüpfen am Trampolin,
Gesellschaftsspielen, Schmetterlinge suchen für eine
willkommene Abwechslung

So konnte ich schnell wieder, Verstehbarkeit, Handhabbarkeit
und Sinnhaftigkeit erkennen.

Das Praktikum rückt näher und ein Chaos mehr war in Sicht.
Nach einer Weisung der Regierung, durfte die Schule uns
nicht in das kürzlich bevorstehende Praktikum schicken,
sondern man konnte freiwillig gehen oder später.
Hier erklärte ich den Schülern über den Schülerchat, dass Sie
nichts überstürzen sollten.
Sie sollen abwiegen, ob sie gehen wollen oder nicht.

Ist für die Kinderbetreuung gesorgt? Schließlich waren
Schulen und teilweise Kindergärten geschlossen oder hatten
Notbetrieb.
Verfügt die Praktikumsstelle über ausreichend
Schutzausrüstung?
Nimmt die Praktikumsstelle überhaupt Schüler in der
momentanen Situation?
Wie sieht es aus mit Kleidung? Niemand wird während
Covid-19 die eigene Kleidung mit Heim nehmen und die
Keime und Viren nach Hause bringen.
Was passiert, wenn jemand nicht ins Praktikum geht oder
gehen kann? Ausbildungsverlängerung? Abbruch der Schule?
Für mich ein ganz wesentlicher Teil war auch die Frage, wie
flexibel ist die Praktikumsstelle, da meine Frau selbst
Systemerhalterin ist, wird bei Dienstplangestaltung Rücksicht
darauf genommen.

Bald bemerkte ich, dass viele Kollegen*innen damit
überfordert waren und mein Telefon lief heiß und ich
probierte wirklich allen mit Rat und Tat und bestem Wissen
und Gewissen zu helfen.
Allerdings wurde ich in diesem Moment auch mit nicht
haltbaren Vorwürfen von einer Kollegin konfrontiert, die mich
dermaßen auf die Palme brachte, dass ich mich kurzerhand
entschloss, meine Funktion als Klassenvorstand-Stellvertreter
zurückzulegen.

Man stelle sich vor, es wurde folgendes geschrieben: „Es ist unsere Pflicht als Pfleger*in auch ohne Schutzausrüstung zu helfen"

Bitte was?
Es ist meine Pflicht als Pfleger*in mich selbst zu infizieren?
Es ist meine Pflicht als Pfleger*in dadurch auch andere Bewohner*innen, Patienten*innen zu infizieren?
Es ist meine Pflicht als Pfleger*in die Viren nach Hause zu meiner Familie zu bringen, da keine Schutzausrüstung?

Nein, verdammt noch mal, das ist nicht meine Pflicht, sondern das ist schlichtweg dumm und grob fahrlässig.

„Selbstschutz steht noch immer an erster Stelle".

Ich kann bei Lernproblemen helfen, ja ich kann auch rechtlich ein wenig beratend zur Seite stehen und ich kann bei Meinungsverschiedenheiten diplomatisch schlichten, aber gegen Dummheit komme ich nicht an.
Ich informierte die Klassensprecherin und Klassenvorstand über meine Entscheidung, welches mit Bedauern zur Kenntnis genommen wurde.
Viele Kollegen*innen hatten darauf weiterhin Kontakt mit mir.
Der Vorteil, ich such mir nun aus, mit wem ich noch reden und schreiben möchte, und mit wem eher nicht.
Dies war mir als Klassensprecher Stellvertreter nicht möglich.

In der Zwischenzeit waren die Gedanken bei meinen alten Kollegen*innen im Krankenhaus mit welchen ich teilweise 8 Jahre zusammengearbeitet habe.
Gerne hätte ich jetzt, wo sie mich am meisten brauchen, unterstützt.

Ich wollte unbedingt auch meinen Teil an der Gesellschaft
leisten.
Schließlich bin ich ausgebildeter Pfleger, der zwar nicht
untätig zu Hause sitzt, aber dringend an der Front benötigt
wird.
Wie dringend, zeigte ein Schreiben von der Institution,
welche mein Fachkräftestipendium finanzierte.
„Wegen des dringenden Bedarfs an Pflegekräften könne man
die Ausbildung abbrechen und später wieder weitermachen".
Dies war keine Option für mich, da ich alles gemacht habe
um diese Ausbildung zu bekommen.

So dachte ich mir ok, wenn ich meinen alten Kollegen*innen
nicht helfen kann, kann ich es vielleicht bei neuen mir noch
nicht bekannten Kollegen*innen.
So rief ich kurzerhand bei der geplanten Praktikumsstelle an
und klärte die für mich wichtigen Punkte ab.
Schutzkleidung ausreichend vorhanden (Ja/Nein)
Dienstplangestaltung flexibel (Ja/Nein)
Dienstkleidung und Duschmöglichkeit Vorort (Ja/Nein)
Praktikant benötigt (Ja/Nein)

Alle diese Fragen konnte ich nach einemkurzen Gespräch mit
interimistischen Stationsleiter Pfleger „J" mit Ja beantworten
und somit stand einen freiwillig von mir angetretenen
Praktikum nichts mehr im Wege.

Der erste Praktikumstag näherte sich.

Ich war schon früh morgens sehr nervös, was werden dort für
Kollegen*innen sein, wie sieht es dort aus?
Gar nicht viel nachdenken und nach morgendlicher Pflege
und Frühstück ab ins Auto und brumm-brumm zur
Praktikumsstelle.

Kurz vor dem Pflegehaus, holte ich unter meiner Schutzmaske noch zweimal kurz Luft und wollte selbiges betreten.
Leider nicht möglich, das ganze Haus war wegen Corona-Maßnahmen gesperrt und man konnte es nur nach einen Sicherheitscheck, in diesem Fall Fieber messen, betreten.
Nur Mitarbeitern war dies erlaubt.
Allerdings war noch kein Arbeiter des Sicherheitsdienstes oder der Hausarbeiter vor Ort und ich konnte das Gebäude nicht betreten,
Glücklicherweise kam im selben Moment jemand, der einen Schlüssel hatte und rein konnte.
Sie fragte mich wer ich bin.
Der neue Praktikant für die Station „S".
Ok, komm mit rein ich bring dich hin.
Super, ein Problem weniger.

Auf der Station „S" wurde ich von der Nachtdienstschwester freundlich begrüßt und es wurde mir wirklich guter Kaffee angeboten, welchen ich gerne annahm.

Nach und nach kamen immer mehr Pfleger*innen in Dienst.
Morgen, Morgen ich stellte mich bei jedem als Praktikant vor.
Natürlich unter Einhaltung des Sicherheitsabstandes in der Größe eines Babyelefanten.
Frage zwischendurch „Babyelefant welchen Alters"
Wie groß genau ist eigentlich ein Babyelefant im cm?
Kurz vom Thema abgeschweift schnell wieder retour

Alle waren freundlich und trotz Maske gut gelaunt.

Einer kam zum Schluss „Stationspfleger „J": Morgen, Morgen ich bin der Praktikant wir haben telefoniert.
Super Hallo, danke, dass du hier bist.
Wow, nette Begrüßung, die man so nicht immer zu hören bekommt.

Da setz dich bitte hin, wir machen hier die Dienstübergabe.

Hier, das war der Aufenthaltsraum der Bewohner, sehr
geräumig und so konnte jeder Platz nehmen und den
vorgegebenen Sicherheitsabstand einhalten.
Alle trugen OP-Masken

Der Stationsleiter „J" hörte gespannt der Übergabe von Nacht
auf Tagdienst zu und man konnte auf einen riesigen 80-100
Zoll Fernseher die Dokumentation mitverfolgen.

Frau Maximilian hat gut geschlafen keine Vorkommnisse.
Frau Berger hat ein Stoma und sich das Sackerl laufend
entfernt.
Herr Peck war verwirrt und ging die halbe Nacht spazieren
auf der Station usw.
Es war eine normale Dienstübergabe bis zum Herrn Xaviar
welcher seit 2 Tagen Mundecken links und rechts laut
Dokumentation hatte.

Folge alle Mahlzeiten durften von nun an mit kleinen Löffeln
eingegeben werden, da die Mundecken laut Stationsleiter „J"
von schlechter Essenseingabe mit Suppenlöffel stammen.
Dies sorgte für Unruhe bei den Mitarbeitern „Was, auch die
Suppe"? Ja, auch die Suppe.
Wie soll das gehen, wir sind zu viert und haben 15 Patienten
Essen einzugeben, das dauert ja ewig.
Stationsleiter „J" war dies egal und es wurde ein wenig lauter
und bestimmender.
Egal, kein Problem für mich, da ich dies schon aus meiner
Vorzeit kannte und mein ehemaliger Stationsleiter auch nicht
gerade der ruhige leise Typ war.

Die Dienstübergabe war vorbei und mir wurde gezeigt, wo
ich Dienstkleidung ausfassen kann.

Anfangs musste ich mich noch im Dienstzimmer des
Stationsleiter umziehen.
Und gleich ging es los, Martin ein Pflegeassistent nahm mich
mit zum Bewohner*in aufsetzen.
Es gab eine Nord und eine Südseite, wie sich später
herausstellte.
Zum Glück, keine an Corona erkrankte Bewohner oder
Verdachtsfälle.
Nach dem Aufsetzen gab ich noch 2 Bewohnerinnen, welche
nicht selber essen konnten das Frühstück ein, bis der
Stationsleiter mich holte um den Dienstplan zu gestalten.
Er nahm zu 100% Rücksicht auf den Dienstplan meiner Frau
und teilte mir mit, wie froh er ist, dass ich hier bin, um
meinen Teil beizutragen in diesen schwierigen Zeiten und
erzählte mir zeitgleich, wie eine andere Schülerin fluchtartig
das Praktikum verlassen hat.

Er zeigte mir die Station, erklärte mir Abläufe und besorgte
mir Zugangsdaten zwecks Dokumentation.
Als Praktikant, jedoch, hat man nur Beobachtungsstatus und
kann selbst nicht dokumentieren oder Maßnahmen
abzeichnen.

Am ersten Tag habe ich sehr wenig vom Ablauf auf der
Station mitbekommen.
Frühstück, Körperpflege, Mobilisation, Mittagessen, Jause
sah ich nur aus dem Augenwinkel.
Schnell war es 15 Uhr und der erste Praktikumstag war um.
Ab ins Auto und schnell nach Hause, wo mich bereits Kinder
und Frau erwarteten.

Nächsten Tag im Praktikum
Lernte ich wieder viele neue Kolleginnen kennen und ich
wurde erstmalig einer diplomierten Pflegekraft unterstellt
„Schwester X".

Schwester X anfangs noch recht motiviert, ließ mich schnell
alleine und ich war laufend mit anderen Kolleginnen
unterwegs, Einteilung null, bitte, wer ist für mich zuständig?

Eine Schwester „D" ihres Zeichen Pflegeassistentin, nahm
sich meiner an und wir machten alles gemeinsam, Aufsetzen,
Mobilisieren, Körperpflege, Essen eingeben.
Die Zeit verging schnell und es war bereits 12 Uhr mittags.
Mit Rollstuhl und Rollator mobilisierte Bewohner aßen
gemütlich im Aufenthaltsraum.
Nachmittags, gab es gute Unterhaltung und Musik durch 2
Animateure.
Cool, dachte ich mir, hier geht es den Bewohnern gut.
Die Fieberrunde sorgte dann für große Veränderungen
Fieberrunde und zack 2 Personen Fieber, Husten, folge
Quarantäne.

Dieser Raum wurde abgeriegelt und nur ein Mitarbeiter*in
war für diesen Raum zuständig.
1450 wurde verständigt, Corona Tests wurden abgenommen
Schutzkleidung war von nun an beim Betreten des Raumes
immer anzuziehen.
Schutzhaube, Brille, Mundschutz, Vollvisier, Mantel,
Handschuhe, Schuhüberzug.
Somit fehlte ab sofort ein Mitarbeiter*in draußen an der
Basis.
Schnell bemerkte ich, dass der Arbeitsaufwand an der Basis
größer wurde, aber egal, ich bin ja da um zu helfen und habe
schließlich bis Sonntag frei.
Die mir zugeteilte Diplomierte Fachkraft sah ich erst bei
Dienstschluss wieder.
Schnell in die Umkleidekabine und ab nach Hause.
Huch zweiter Dienst auch vorbei.
Schnell wieder ins Auto, Radio an oder besser gesagt Corona
News an.

Beim Heimfahren bemerkte ich das erste Mal, dass
Fahrzeuglenker, obwohl diese alleine im Fahrzeug unterwegs
waren, Masken trugen.
Ähm bitte wozu? Angst vor dem eigenen Atem oder der
Luftzufuhr, welche voller Viren sein könnte?
Diese Maßnahmen konnte ich mir nun wirklich nicht erklären.

Das Wochenende darauf gehörte der Familie.
Gesellschaftsspiele, Filmnachmittag und natürlich auch
Zocken auf der Xbox OneX mit meinem Sohn.

Der Sonntag war dann schneller da, als erwartet.
Erstaunlich, wie schnell die freien Tage vergehen im
Vergleich zu denen, an welchen man Arbeiten muss.
Mit diesem Phänomen sind vermutlich alle arbeitenden
Menschen konfrontiert.

Dieses Mal ging ich es gemütlicher an, halbe Stunde früher
aufstehen und langsam Kaffee trinken, essen, ja sogar mit
dem Auto fuhr ich nur 40 Km/h Richtung Praktikumsstelle.
Dort um 06:20 eingetroffen musste ich mal wieder auf
jemanden warten, da mein elektronischer Schlüssel nicht
funktionierte und die Einlasskontrollen erst ab ca. 06:45
beginnen.
Es dauerte aber keine 5 Minuten, bis die erste
Apartmentbewohnerin rauskam, um sich eine
Sonntagszeitung zu holen und so konnte ich kurzerhand
wieder mit ihr reingehen, da ihr Schlüssel ja funktionierte.
Die übliche Dienstübergabe läutete den Dienst ein.

Doch nach der Einteilung, dachte ich, sei in einem anderen
Film und zwar in einem falschen.
Ich wurde auf die Nordseite mit 14 Bewohnern eingeteilt
alleine als Praktikant und bekam einen Zivildiener als
Unterstützung dazu.

Die dritte Pflegekraft auf unserer Seite war für das Quarantänezimmer zuständig
Was, dachte ich, habt ihr einen Sprung in der Schüssel?
Der Praktikant alleine mit dem Zivildiener der eigentlich nichts mit der Pflege zu tun hat mit dem Praktikanten, der den erst dritten Dienst hat, weder die genauen Abläufe noch die Bewohner und deren Rituale kennt.
Auf der Südseite hingegen waren drei Langzeitmitarbeiter zugeteilt, zwei Pflegeassistenten und eine Heimhilfe.
Das kann es doch nicht sein.
Daraufhin wurde die Diplomierte Fachaufsicht, wieder mal Schwester „X" von mir angesprochen mit der Bitte um Aufklärung.
Der Stationspfleger „J" hat das so eingeteilt und wenn er das so eingeteilt hat, ist es so.
Angefressen bis zum geht nicht mehr, sendete ich gleich mal eine Nachricht an meinen Klassenvorstand und bat um einen telefonischen Termin um seinen Rat einzuholen.
Solche Dinge waren schließlich bei meinem alten Arbeitgeber unmöglich und hätte für Köpfe rollen gesorgt.
Mir sind Fälle bekannt, wo es nach Beschwerden von Schülern zu Versetzungen und sogar Entlassungen gekommen ist.

Nach einer kurzen Abkühlphase meldete sich plötzlich mein Pflichtgefühl und der Pfleger in mir.
Komm, Robert, du bist fast zehn Jahre in der Akutpflege mit Aufnahmen, Entlassungen, prä- und postoperativ, Reanimationen und viel Stress zurechtgekommen, da wirst du die paar Bewohner auch noch packen.
Die Bewohner brauchen mich und es ist ihnen egal wer sie pflegt, positioniert, mobilisiert oder Essen eingibt.

So setzte ich mich kurz mit den Zivildiener zusammen und erklärte ihm die Lage.

Ich bat ihm darum, Bewohner mit weniger Pflegeaufwand zu übernehmen und erklärte ihm auch, dass mir bekannt ist, dass dies eigentlich so nicht vorgesehen ist und er auch nein sagen kann.

Er soll bitte nur die nehmen, die er sich auch tatsächlich zutraut.

Die kontrollierte ich auch aus dem Augenwinkel und sah mir die von ihm betreuten Bewohner trotzdem ein wenig an.

Schließlich, bin ja ich, als der drei Tages Langzeitmitarbeiter nun für alles verantwortlich, was auf meiner Seite passiert.

Die pflegerisch sehr aufwendigen Patienten wurden natürlich von mir übernommen.

Es war ein ordentlicher Pflegeaufwand und um 11:30, als wir bereits gemeinsam bei der letzten Bewohnerin angelangt sind, wurden wir von einem Pfleger der Nordseite gefragt, ob wir Hilfe brauchen.

Was, jetzt um 11:30, wo wir bei der letzten sind, kommt so eine Frage? Erbost und ihnen zerfressen vor ärgern sagte ich freundlich „nein, diese letzte Bewohnerin machen wir auch noch alleine".

Kaum fertig, kam das Mittagessen, welches wir wiederum eingeben mussten.

13:00 endlich fertig und wir gingen in die wohlverdiente Pause.

Völlig angefressen, informierte ich meine Frau über die Zustände, die heute hier herrschen und dass ich mir das sicher nicht gefallen lassen werde.

Sie riet mir am Telefon mich nicht aufzuregen, sondern mich auf die Bewohner*innen zu konzentrieren, da, die mich jetzt brauchen und ich soll mich nicht als Schüler, sondern als Pfleger sehen.

Ja, meine liebe Frau hatte natürlich Recht.

Nach der Pause ging ich zu den Bewohnern, um Ihnen trinken einzugeben und sie zu positionieren.
Die diplomierte Fachaufsicht schaffte es in der Zwischenzeit nicht mal vor lauter Sitzen am Computer zu kontrollieren, was ich denn eigentlich gemacht habe und was nicht.
Sie war so mit einer Bewohnerin überfordert, wo sie 3x Nachschau gehalten und Blutdruck gemessen hat.
Die sieht so schlecht aus, ich muss die ständig kontrollieren, waren ihre Worte.
Aus Neugierde heraus ging ich zu dieser Bewohnerin und sah sie mir mal genauer an.
Sie war ansprechbar und schwach, einfach nur schwach, da alt.
Jeder zweite Patient*in war auf meiner alten Station in diesem Zustand.
Schnell war mir klar, von welchen Schlag diese betreuende hoch diplomierte Pflegefachkraft war.
Vom Schlag der Faulen und Ahnungslosen.
Am liebsten hätte ich ihr eine kleine Wechseldruckmatratze auf ihren Sessel gelegt, damit Sie keinen Dekubitus beim Sitzen bekommt.

Hätte Sie Ahnung, hätte Sie gewusst, dass Sie als Fachaufsicht für alles verantwortlich ist, was ich als Schüler mache.
War es ihr egal? Hat Sie wirklich so wenig Ahnung? Ist sie mit geringsten Dingen überfordert?
Viele Fragen, die ich so spontan leider nicht beantworten konnte.

Sie schaute nicht eine Sekunde nach, sondern fragte nur, ob ich meine Maßnahmen abgezeichnet habe.
Sorry, leider nein, bin Schüler und hab nur Beobachtungsstatus im Dokumentationssystem.

Da war sie ein wenig grantig, weil sie nun weiter auf ihren Hintern sitzend Maßnahmen abzeichnen musste und somit die Verantwortung für mein Tun übernommen hat.
Dass sie, als Fachaufsicht und diplomierte sowieso für alles verantwortlich ist, dürfte ihr dann plötzlich eingefallen sein.
Ich muss zugeben, dass ich in diesem Moment innerlich ein wenig schmunzeln musste.

Jause eingeben, umpositionieren, Inkontinenzversorgung, Abendessen eingeben, Bewohner ins Bett bringen und der Tag war um.
Endlich 18:00, ich war fix und fertig und freute mich nach Hause zu kommen.
Spielen mit den Kindern war dieses Mal leider nicht drin.

Am nächsten Tag kontaktierte ich meinen Klassenvorstand und erzählte ihm von dem Geschehenen.
Er blieb ruhig und sachlich und wir gingen gemeinsam die sachliche Lage durch.
Wir einigten uns darauf, dass ich keine Einmischung seitens der Schule möchte, sondern ich nehme die Sache selbst in die Hand.

Der Tag der Abrechnung

Stationsleiter „J" war wieder im Dienst und fest entschlossen meine Meinung kund zu tun, bat ich um ein persönliches Gespräch, welches wenige Minuten später stattgefunden hat.

Ich erklärte ihm, dass dies so mit Schülern nicht funktioniert und ich nicht alles alleine machen darf, kann und will.
Ok, ich bin hier freiwillig um zu helfen, aber verarschen lasse ich mich nicht.

Er entschuldigte sich wegen der falschen Einteilung bei mir und wir waren von da an per „Du".
Ich wurde an diesem Tag nur mehr einer Fachaufsicht unterstellt, ging Medikamente austeilen und machte überwiegend Diplomarbeit, welche eigentlich auch nicht wirklich für die Pflegefachassistenz vorgesehen ist.
Egal, immerhin lernte ich dabei ein wenig besser das System und Dokumentationsprogramm kennen.
Da, ich, als Praktikant, wie jeder andere Praktikant nur Beobachtungsstatus im Dokumentationssystem hatte, wurde mir vom Stationsleiter kurzerhand ein Pool Diplomaccount zugewiesen und ich hatte ab sofort Zugriff auf alles.
Aha, so funktioniert das hier, Unmut äußern und man bekommt quasi alles.
Die Einschulung für das System war aber mehr, als nur mäßig, und so lernte ich mir im Großen und Ganzen den Umgang selbst.
Unter den Mitarbeitern habe ich aufgrund meines Mutes mich bei der Stationsleitung zu beschweren, viel Zuspruch erhalten.
Es machte irgendwie den Eindruck, sie gönnten das dem Stationsleiter.

Das Quarantänezimmer war weiterhin von einer Pflegekraft besetzt und wir warteten weiterhin auf die Testergebnisse.

Der somit weiterhin fehlende Pflegekraft fehlte weiterhin an der Basis.
Welches mir an diesem Tag aber kaum auffiel, da ich nur mit der Fachaufsicht unterwegs war und hin und wieder beim Umpositionieren und Essen eingeben geholfen habe.

Der Tag war schnell um und wieder konnte ich am Kalender ein X machen.
Neue Lage nur noch wenige Tage.

Mein erster Kontakt mit Bewohnern in Quarantäne

Nach der Dienstübergabe kam es wieder mal zur Diensteinteilung, wer nimmt, welche Seite.
Stationsleiter „F" sagte mir bereits am Vortag, dass eine Fachaufsicht sprich diplomierte Pflegekraft mir das Anhängen von Infusionen zeigt und ein wenig in der Dokumentation einschulen wird.
Yeah, ok, warum nicht, bin gerne dabei.

Es kam eine zweite diplomierte Pflegekraft hinzu, Schwester „M", sehr sympathisch, attraktiv und dynamisch.
Sie entschied, dass ich heute für das Quarantänezimmer zuständig sei und überzeugte sich selbstverständlich von meinen hygienischen Kenntnissen und erklärte mir nochmals genau die Vorgehensweise beim An- und Auskleiden der Schutzausrüstung.
Diese Schwester hatte wirklich Ahnung und gehört in diesem Beruf.
Alleine schon, dass sie sich überzeugte von dem, was ich kann und was nicht, zeigte von Intelligenz.
Die Frage, ob ich mir das zutraue, rundete das Bild sogar noch ab.

Eigentlich ein wenig unsicher, aber Dank meines alten
Arbeitgebers, war ich in Hygiene bestens geschult, vermutlich
besser, als viele andere, die hier arbeiten.

Ich bereitete mich vor und kontrollierte, ob genügend
Schutzausrüstung vorhanden ist, Check.
Habe ich alles, was ich brauche, Fieberthermometer,
Blutdruckmessgerät, Check.
Waschutensilien, Handtuch, Waschlappen, Check.
Bettwäsche, um die Betten frisch zu machen, falls notwendig,
Check.
Essen und Trinken für mich, Check.
Handy voll aufgeladen, Check.

Schwester „M" kam noch einmal zu mir und fragte, ob ich
noch etwas benötige, „Nein, danke" entgegnete ich.
Dann folgte von ihrer Seite was ganz, interessantes.
Mach ein Selfie von dir, ohne, dass man sieht, wo du arbeitest
und stell es Online.
Du wirst ein Held sein.

Aha, Held, was für ein Held?
Ich zog mich, wie hygienisch vorgeschrieben an und machte
ein Selfie von mir, welches ich Online stellte, mit dem Satz,
schaut`s auf Euch und bleibt`s gesund, mit Daumen nach
oben.

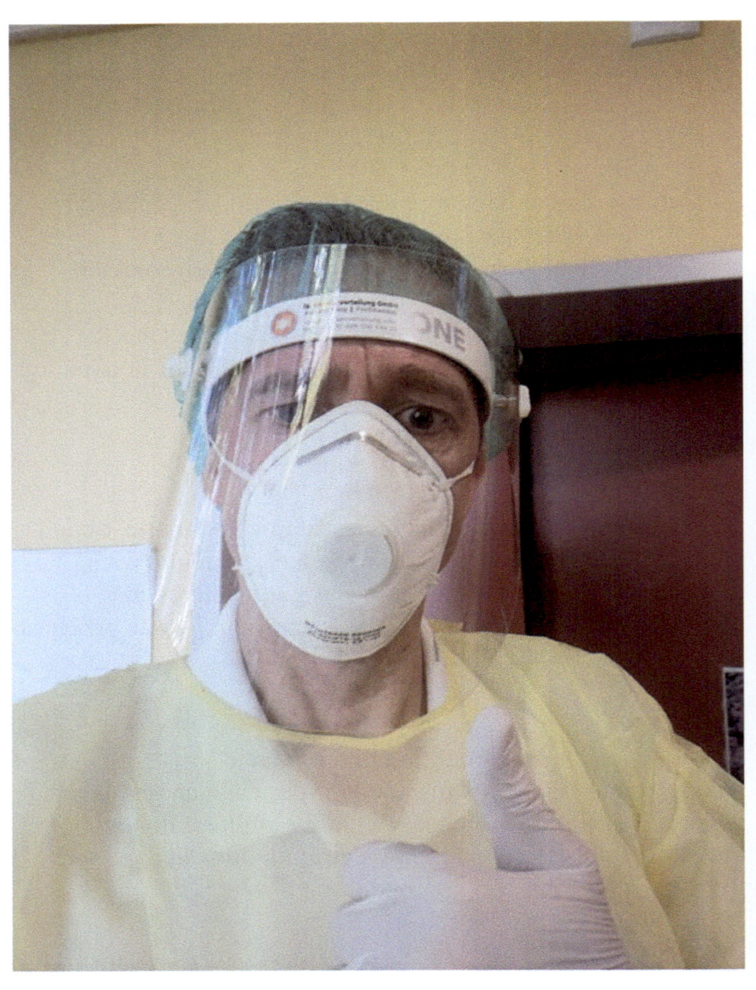

Danach begab ich mich ins Zimmer und half den einen Bewohner beim Essen und bei der Medikamenten-Einnahme, während die anderen beiden sitzend das Frühstück zu sich nahmen.
Ich merkte nach gut 2 Minuten, wie ich sehr unangenehm zum Schwitzen anfing, da die Maske samt Visier logischerweise nicht gerade für viel Luftzufuhr sorgte und es dauerte eine Zeit, bis ich mich daran gewöhnt habe.
Robert, jetzt darfst keine Fehler machen, du bist in einem Zimmer, welches sich in Quarantäne befindet, wo eventuell ein Virus, Namens Corona nur darauf wartet, dich zu infizieren.
Da fiel mir der Spruch eines italienischen Pflegers in Youtube ein, welcher einen Handschuh aufbläst, wo sich der Mittelfinger anhebt und er sagt „Hey, Corona!".

Corona, du kannst mir nichts, wenn ich alle Regeln der Hygiene und Sicherheitsbestimmungen einhalte und keinen Fehler mache.
So betreute ich alle drei Bewohner nach bestem Wissen und Gewissen.
Nach Verlassen des Zimmers, zog ich mich in der Zwischenschleuse wieder um.
Ging die Reihenfolge des Auskleidens noch mal im Kopf durch, bevor ich einen Fehler mache.

Fertig, raus aus dem Zimmer und Tür zugemacht, schaute ich auf meine Handy.
Siehe da, in Facebook kamen nur positive Rückmeldungen.
Freunde schrieben mir, pass auf dich auf, bleib gesund, wow, oder gar so eine gute Ausrüstung haben wir nicht mal bei uns.

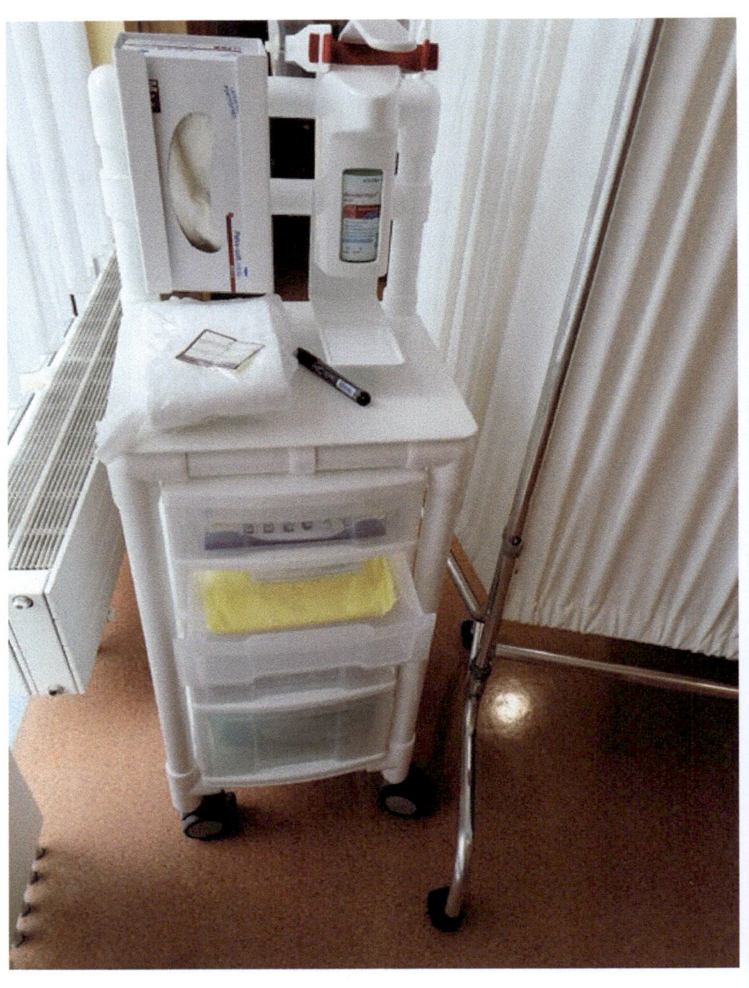

Da bemerkte ich erstmals, dass ich das erreicht habe, was ich eigentlich wollte.
Meinen Teil der Gesellschaft zurückzugeben, wo sie mich am meisten braucht, als Pfleger.

Zugegeben, lieber wäre ich bei meinen alten Kollegen zu diesem Zeitpunkt gewesen, aber auch hier wurde ich gebraucht.
Während ich vor dem Zimmer Sitzwache gehalten habe, damit weder verwirrte Bewohner rein noch raus gehen, meldete sich mein Bruder bei mir telefonisch.
Er fragte mich, ob ich keine Angst habe und ich sagte nein, warum sollte ich, ich habe hier genügend Schutzausrüstung und bin ausreichend geschult und gut ausgebildet.
Es ist viel gefährlicher das Virus beim Einkaufen zu bekommen, als hier mit Schutzausrüstung meiner Meinung nach.
Auch verständigte ich meinen Klassenvorstand und erklärte ihm, was nach meiner Beschwerde plötzlich alles möglich ist.

Er meldete sich bei mir und freute sich für die positive Entwicklung nach meinem Gespräch mit dem Stationsleiter und empfahl mir ein Buch über meine Erfahrungen während Corona zu schreiben und wies mich auf ein sehr enges Zeitfenster hin.
Nebenbei erzählte er mir auch, dass die guten Ausarbeitungen meiner Fallbeispiele auch den anderen Lehrkörpern nicht entgangen sind und er mich gern unterstützen würde.
Ich soll ein Buch schreiben? Der Pfleger, der selbst nicht mal ein einziges Buch in den letzten Jahren gelesen hat, ausschließlich der Pflegebücher während der Ausbildung.
Naja, ich denke mal darüber nach.

VERDACHTSFALL

INFEKTIÖS

Ein Bewohner, welcher Fieber hatte und sich in Quarantäne befand, wollte des Öfteren das Zimmer verlassen und zeigte wenig Einsicht.
Anfangs höflich und später bestimmend, erklärte ich ihm, dass er das Zimmer nicht verlassen darf und ließ mich auf keine weiteren Diskussion ein, um einen Konflikt zu vermeiden.
Diese bestimmende Art und Weise verpackt im frisch erlernten „Sandwich System" im Fach Kommunikation, sorgte endlich für Einsicht.
Zwischenzeitlich wurde ich immer wieder von den Zivildienern mit Kaffee und Essen versorgt.
Ich musste mich sicher an die 15-mal immer hochkonzentriert an- und auskleiden.
Zwischenzeitlich kam die Fachaufsicht mit Laptop zu mir und erklärte mir ein wenig das Dokumentationssystem, welches ich mir bereits im Selbststudium beigebracht hatte.
Sie fragte mich, wie lange ich bereits in den Beruf bin und wo ich gearbeitet habe.
Nur Akutbereich auf der Kardiologie und ich erzählte ihr ein wenig.
Was soll ich dir beibringen, du kannst mir noch was beibringen, war ihre, die wie Butter runtergehende und wie Balsam wirkende Antwort für mein Ego.
Nein, entgegnete ich, ich kann von jedem lernen und schließlich lernt man nie aus.
Sie ging weg um eine Infusion zu holen und zeigte mir schnell im Nebenzimmer wie, diese angebracht wird.
Ich bedankte mich und sie ging weiter, um die anderen bei den Pflegemaßnahmen zu unterstützen.

Na sieh einer an, da sind zwei diplomierte Pflegekräfte im Dienst, Schwester „M" und die Fachaufsicht und beide arbeiten aktiv in der Pflege mit.

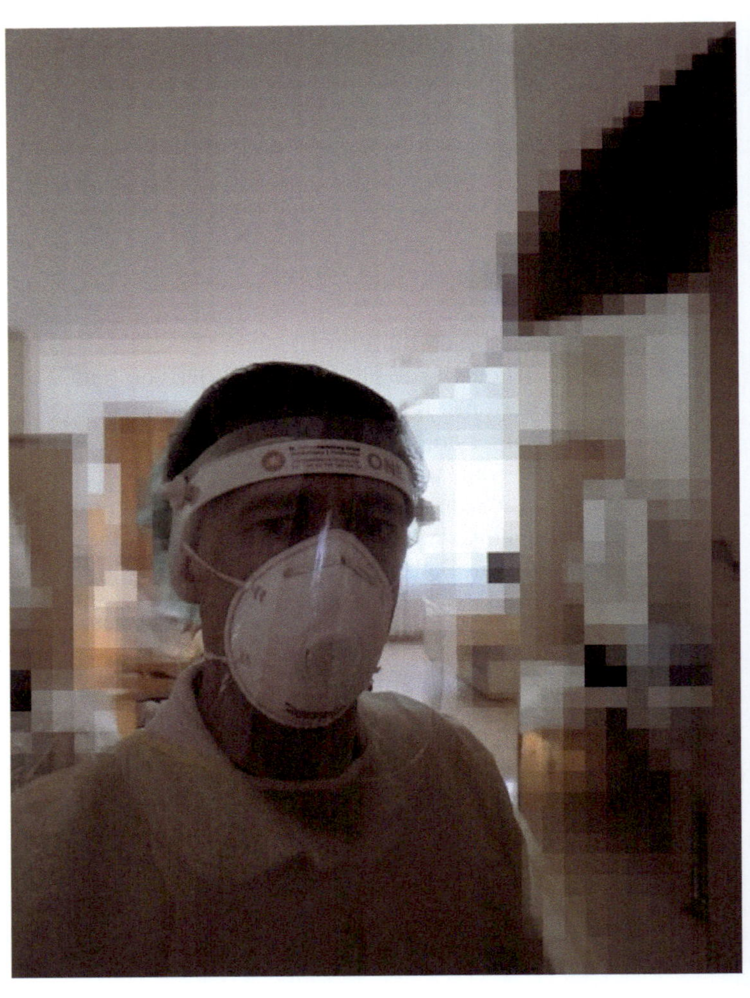

War ich bis Dato nicht gewohnt, da, die dekubitusgefährdete Kollegin dies eher scheute, wie der Teufel das Weihwasser.

Der Dienst ging allmählich zu Ende und ich bewegte mich Richtung Umkleidekabine.
In der Umkleidekabine bemerkte ich beim Ausziehen des Shirts leichte Schmerzen hinter den Ohren, welcher durch langes tragen der engen Masken und deren Gummizug verursacht wurden.
Weiters, konnte ich eine rote Druckstelle auf der Stirn im Spiegel erkennen, welche wiederum vom Tragen des Vollvisiers stammten.
Diese Schutzausrüstung über längere Zeit ist wirklich sehr unangenehm und ich beneide meine Kollegen*innen, welche auf Coronastationen Dienst versehen müssen in keinster Weise.

Zu Hause erzählte ich von den Erfahrungen, welche ich gemacht habe und meine Kinder waren stolz auf mich.
Papa der Held, ok, für meine Kinder bin ich prinzipiell immer Superman, aber ich fühlte mich trotzdem, in dem, was ich tue, bestätigt.

Zwischenerzählung von meiner geliebten Fachaufsicht welche das Arbeiten nicht gerade erfunden hat Schwester „X":
Schwester „X" wünschte an diesem Dienst, dass sie für mich zuständig ist.
So wurde ich ihr zugeteilt und wir hatten gemeinsam gerade mal fünf Patienten zu betreuen.

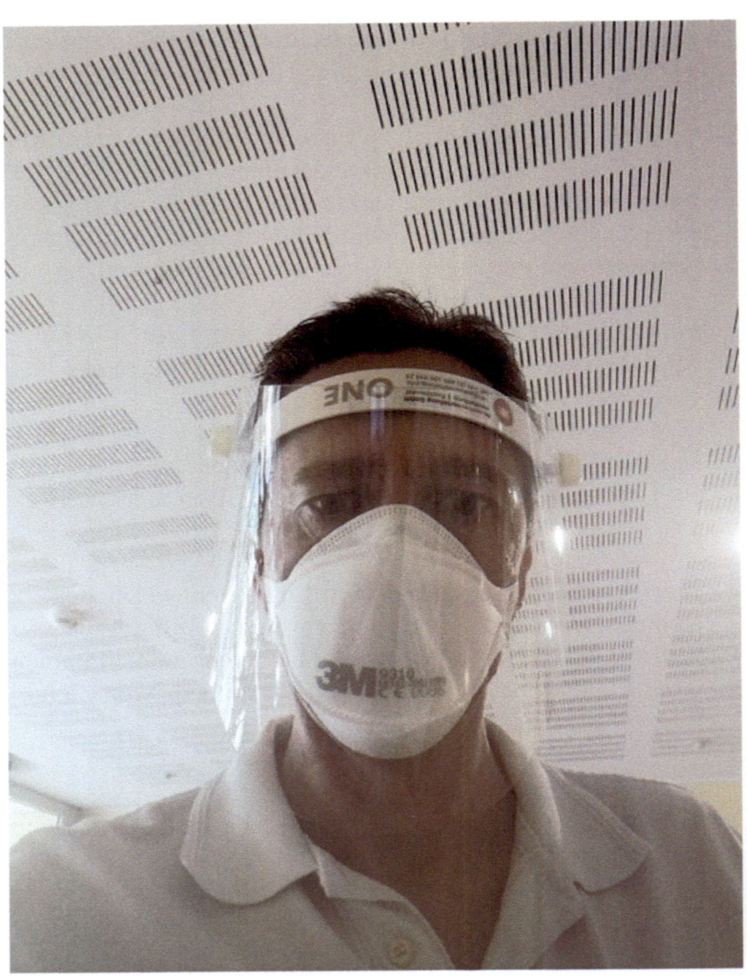

ONE
3M 8810

Bei der ersten Bewohnerin noch aktiv mitwirkend, war der Wunsch nach Sitzen am Computer und Subdelegation höher und ich machte zwei weitere Bewohner alleine.
Bei der nächsten Bewohnerin allerdings, musste sie sich von ihren Thron erhaben, da diese eine Wunde hatte, welche nicht einfach zu versorgen war.
Gemeinsam gingen wir zu der Patienten, um die Körperpflege gemeinsam durchzuführen und nach Ende selbiger die Wunde zu versorgen.
Sie nahm das große Pflaster sehr unsanft runter, obwohl die Bewohnerin gebeten hat es mit einem Spray, welcher in ihrem Kasten ist zu verwenden, um ein einfacheres und angenehmes Entfernen zu ermöglichen.
Dann lag die Bewohnerin da mit offener Wunde, welche blutete und ich sofort, wie gelernt und bereits des Öfteren gemacht erstversorgte, natürlich steril.
Nach Erstversorgung, ging Schwester „X“ raus und sagte, sie müsse was holen.
Zwei Minuten vergingen, 5 Minuten vergingen und die Bewohnerin wurde schon ein wenig unruhig und ich probierte sie zu unterhalten.
Als nach 10 Minuten „Schwester „X“ noch immer nicht zurückkam, nahm ich die Sache selbst in die Hand.
Schließlich, kann ich die Bewohnerin nicht halbnackt und mit offener Wunde so lange herumliegen lassen.
Ich sah mir den Therapieplan, welcher im Zettelform am Verbandswagen lag an und versorgte die Wunde, wie vorgegeben.
Die Bewohnerin war mit meiner Arbeit zufrieden, aber die der Schwester „X“ war nicht so ganz nach ihrem Geschmack.
Wenig später und auf der Suche nach „Schwester „X“, welche nicht zu finden war, erzählte mir eine anderer im Dienst befindlicher Pflegeassistent, dass sie auf der Suche nach der zweiten Diplomierten war, weil sie nicht wusste, wie man diese Wunde versorgt.

Ich griff mir nicht ganz vorschriftsmäßig auf den Kopf
„während Corona Hände weg vom Gesicht" und dachte, das
darf ja einfach nicht wahr sein.
Von da an, ging ich dieser Person einfach nur mehr aus dem
Weg und machte auch noch die letzte Bewohnerin auch noch
alleine.
Selbstverständlich zeichnete Sie alles ab, damit der Eindruck
entsteht, sie habe alles gemacht.
Ich habe sie gebeten, nachzusehen bezüglich meiner
Versorgung, um sicher zu gehen, dass alles passt.
Ob sie es dann tatsächlich getan hat, ist mir leider nicht
bekannt.
Mir war nun klar, warum sie mit mir gehen wollte, ich arbeite
und sie ist fleißig.
Ihr Fleiß, welcher mittlerweile auch bei allen anderen
Kollegen bekannt ist, sorgt immer wieder für Gesprächsstoff
und Ärger im Team.
Mir ist egal, liebe Leute, ich werde mich zwar über sie
beschweren, aber ihr müsst euch das alleine mit ihr
ausmachen.

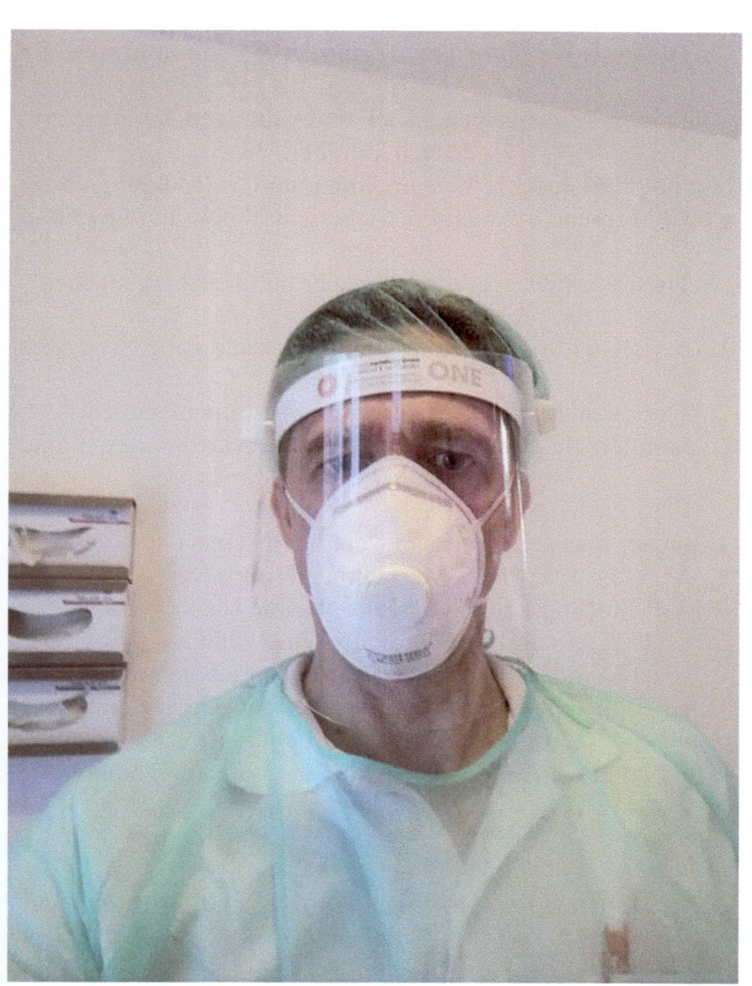

Die erste Angehörigen dürfen zu Besuch kommen

Die ersten Angehörigen dürfen unter strengen Auflagen zu
Besuch kommen.
Nur per telefonischer Voranmeldung und bei Meldung vorne
am Checkpoint, wo mehrere Sicherheitschecks durchgeführt
werden.
Schnell war klar, wer dies sofern er im Dienst ist, machen
wird.
Bingo, ich, ich wurde darauf eingeschult und gebeten es auch
weiterzugeben.
Der Schüler schult teilweise das Stammpersonal ein?
Ja, warum nicht, außergewöhnliche Zeiten erfordern nun mal
außergewöhnliche Maßnahmen.

Besucher mussten mindestens eine, selbst aus der Apotheke
besorgte FFP 2 Maske tragen (ohne Ventil).
OP-Stoffmasken oder eigens genähte Masken waren
selbstverständlich nicht erlaubt.
Fieber wurde direkt im Eingangsbereich gemessen.
Eine 30 Sekunden lang dauernde Händedesinfektion unter
Aufsicht war Pflicht.
Erst dann wurden die Daten aufgenommen und mehrere
Fragen gestellt.

Hatten Sie in letzter Zeit Kontakt mit Personen, die an Covid-
19 erkrankt sind?
Husten? Verlust des Geschmackssinns? Leiden Sie an
Durchfall usw.
Erst, wenn alle Fragen mit Nein beantwortet wurden, konnte
der Besucher für genau 30 Minuten unter Begleitung ins
Zimmer rein mit Augenmerk auf Einhaltung der vom
Besucher unterschriebene Verhaltensregeln.

Da wird die Pflegekraft schnell mal zum Security umfunktioniert.

Das war eine ordentliche Herausforderung.

Manche der Besucher waren völlig distanzlos und hielten den anscheinend für sie wichtigen Sicherheitsabstand von Nasenspitze zur Nasenspitze ein.
Das Wort Abstand halten wurde entweder nicht gehört oder absichtlich ignoriert.
Gott sei Dank, wurde ich von ganz oben mit zwei gesunden Händen ausgestattet, welche mir hier beim Zurückschieben und Anzeigen „bis hier her und nicht weiter" gute Dienste erwiesen.
Einer, z.B. wollte mir eine eben gekaufte und defekte FFP2 Maske in die Hand drücken.
Alter Schwede, behalte dir das virenverseuchte Zeugs, was soll das?

Freundlich, wie ich aber nun mal bin, habe ich mir Handschuhe angezogen und seine Maske mit einer Klammermaschine notdürftig repariert.
Die Masken waren laut Angaben der Besucher zum Schnäppchenpreis um 11 Euro- das Stück in der Apotheke erhältlich.
Sicherheitsabstand zu anderen Bewohnern oder Besuchern, war den meisten ebenfalls ein Fremdwort und so musste man, wie bei kleinen Kindern, es wieder und wieder und wieder erklären.
Nach 30 Minuten wurden Sie gebeten wieder zu gehen und für ein erneutes Kommen telefonisch mit der Stationsleitung einen Termin zu vereinbaren.

Am besten fand ich die Besucher, die ohne Termin und Maske auftauchten, obwohl vorab über die Regeln informiert und seit

Wochen wirklich jedem bekannt ist, dass Corona sein
Unwesen treibt.
Da gab es von mir natürlich ein höfliches, aber bestimmendes
„Niet".

Diese Besuche waren auch wenn organisatorisch sehr
aufwendig, aber extrem wichtig für die Bewohner und auch
deren Angehörigen.
Der telefonische Kontakt konnte den persönlichen nicht
ansatzweise ersetzen.
Die Bewohner waren unmittelbar nach dem Besuch sichtlich
motiviert, glücklich und zufriedener, während die
Angehörigen sich davon überzeugen konnten, dass es dem
Urgroßvater, der Urgroßmutter, dem Großvater, der
Großmutter, dem Vater, der Mutter, der Frau, dem Mann gut
ging.

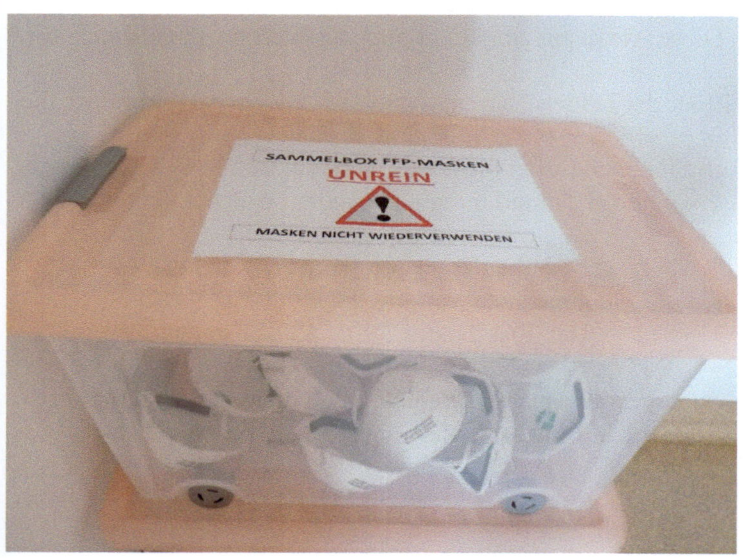

Corona Test in der Pflegeeinrichtung.

Alle Bewohner und Mitarbeiter, sowie Zivildiener und
Praktikanten konnten sich einem freiwilligen Corona-Test
unterziehen.
Selbstverständlich, nahm ich diese Möglichkeit in Anspruch
und meldete mich zu selbigen an.
Es war wirklich, wie in einem Film.
Nach einem Sicherheitscheck im Eingangsbereich, Fieber
messen, Händedesinfektion, ging es direkt im Erdgeschoss
zur Registrierung, wo die Daten aufgenommen und ein
Serumröhrchen übergeben wurde.
Bodenmarkierungen zeigten den weiteren Verlauf an.
Ich bewegte mich mit meinem Serumröhrchen bewaffnet
Richtung markierten Raum und sah, man könnte fast sagen
„zwei Astronauten", welche über eine hervorragende
Schutzausrüstung verfügten.
Diese Ausrüstungen kennt man aus Katastrophenfilmen mit
Laborunfällen.
Einer der beiden Herren, nahm sich meiner an und führte die
Testung durch.
Ein Stäbchen tief in die Nase, begleitet von Drehbewegungen,
sorgte für Tränen in meinen Augen, welche nicht durch
Freude erzeugt wurden.
Zweites Stäbchen ab in den Rachen, welches deutlich
angenehmer war und das Ende einläutete.
Der Test dauerte keine 45 Sekunden.

Wenige Tage später, erreichte mich dann das Testergebnis,
welches ich mit Erleichterung zur Kenntnis nahm.

NEGATIV

Glücklicherweise waren auch alle Kollegen*innen auf der
Station negativ.

An dieser Stelle sei auch erwähnt, dass ich mein freiwilliges
Praktikum „welches für immer in Erinnerung bleibt" natürlich
mit Auszeichnung bestanden habe.
So wurde das schönste Baby aller Zeiten zum Pfleger,
welcher voller Stolz in die Liga der Superhelden
aufgenommen wurde.

Namen wie Superman, Batman, Spiderman, Vollmann,

werden nun im selben Atemzug genannt.
Ich habe nun eine Geschichte, welche ich immer mit Stolz
weitererzählen kann.

Danke für den Kauf meines Buches
Ich hoffe, es hat einen kleinen interessanten Einblick in das
Leben eines einfachen Pflegeassistenten gezeigt, welcher
immer versucht hat, sein Bestes zu geben.

Wenn ein Buch herauskommt, steht immer nur der Autor im
Vordergrund.
Allerdings, bedarf es weit mehr, als nur den Autor und es stehen
viele Menschen im Hintergrund, die das Schreiben eines Buches
überhaupt möglich machen.
Diese möchte ich hier erwähnen und hoffe, an alle gedacht zu
haben.

Zunächst richtet sich mein Dank an meinen Verlag, welcher bereit
war von mir niedergeschriebenes überhaupt zu veröffentlichen.
Dafür, vielmals danke

Und, selbstverständlich, geht der Dank auch an meine liebsten
Schätze zu Hause.
Meine geliebte Frau und meine beiden geliebten Kinder, welche mir
immer wieder Kraft und Zeit gegeben haben, um mich meinem
Buchprojekt widmen zu können.
Ohne euch hätte ich das nie geschafft!

Keinen geringen Anteil an der Fertigstellung, hat auch mein
Klassenvorstand und Kollege Emin Dzakic, welcher mich überhaupt
erst auf die Idee gebracht hat dieses Buch zu schreiben und dem ich
ebenfalls nicht genug dafür danken kann.
Er hat mir den Verlag empfohlen und mich immer zum
Weitermachen ermutigt.

Auch möchte ich meinem Freund, Mark Leopold und den
Mitgliedern meiner Star Wars Retro und Schnäppchengruppe in
Facebook danken, welche mir in dieser Zeit Halt und Abwechslung
geboten haben.

Special thanks to my friend and actor Dominic Pace from Star Wars
the Mandalorian (Gekko) for the personal congratulations on may
the 4th. Thanks for the extra energy and motivation

Vielen Dank an alle – ich weiß das sehr zu schätzen.

© 2020 Vollmann, Robert
Herstellung und Verlag: BoD – Books on Demand, Norderstedt
ISBN: 9783751904094